德国早期浪漫派的世界文学观

Zur Weltliteratur der Deutschen Frühromantik

刘学慧 ◎ 著

北京第二外国语学院
旅游教育出版社

策　　划：李红丽

责任编辑：李姝彦

图书在版编目（CIP）数据

德国早期浪漫派的世界文学观/刘学慧著.—北京：旅游教育出版社,2011.10

ISBN 978-7-5637-2079-8

Ⅰ.①德…　Ⅱ.①刘…　Ⅲ.①浪漫主义-文学流派-研究-德国　Ⅳ.①I516.09

中国版本图书馆 CIP 数据核字（2010）第 236204 号

语言文化探索与研究书系

德国早期浪漫派的世界文学观

刘学慧　著

出版单位	旅游教育出版社
地　　址	北京市朝阳区定福庄南里 1 号
邮　　编	100024
发行电话	（010）65778403　65728372　65767462（传真）
本社网址	www.tepcb.com
E-mail	tepfx@163.com
印刷单位	北京京师印务有限公司
经销单位	新华书店
开　　本	880×1230　1/32
印　　张	5.75
字　　数	131 千字
版　　次	2011 年 10 月第 1 版
印　　次	2011 年 10 月第 1 次印刷
定　　价	28.00 元

（图书如有装订差错请与发行部联系）

序

在世界文学的大花园中，德国浪漫派文学无疑是德国文学史上一朵璀璨的奇葩，它以其独到的审美思考和感知开创了德国民族文学的新时代，也对德语现代派文学的兴起和发展产生了不可低估的影响。但是很长时间以来，这个特殊的文学现象并没有引起我国学界更多的关注，甚至曾经被贴上“脱离现实”、“保守复古”乃至“反动”的标签而被打入了冷宫。随着中国的改革开放进程越来越深入，德国浪漫派文学在我国的命运也发生了很大的变化，昔日的冷落变成了如今的门庭若市：译介越来越广泛；研究越来越深入；接受越来越趋于多元化。刘学慧的论著《德国早期浪漫派的世界文学观》就是在这样的研究氛围中凝练而成的，可歌可贺。

最初获知刘学慧选定德国早期浪漫派文学作为研究对象时，让人感到十分欣然，因为自从德国浪漫派文学成为我国德语文学研究者关注的焦点以来，我们就一直期待着能够有这样的研究成果问世。

《德国早期浪漫派的世界文学观》从世界文学视角出发，科学求实地探讨了德国早期浪漫派跨文化的翻译行为，其可圈之处首先在于选题。在德语国家，对德国浪漫派的研究可以说是汗牛充栋，研究领域包罗万象；在我国，对其哲学认知、审美体验和艺术表现等方面或多或少都有研究。但从浪漫派跨民族、跨地域、跨语言的文学翻译为切入点而研究其"世界文学"观,这样的选题目前在国内尚无先例,其新颖之处恰恰就在于作者以颇有见地的思考开拓了他人尚未涉足的研究领域。其二,该论著打破了传统的文学研究常规,立足于跨文化视角,深入探讨了德国早期浪漫派的"世界文学"观形成的社会、历史原因,系统地阐释了文学译介和借鉴是构成这种文学意识的核心及其对德国浪漫文学创作所产生的重大影响,得出了启人深思的结论,即德国早期浪漫派的文学译介和借鉴不仅为振兴和推动德国民族文学的发展做出了贡献,而且彰显出其对其他民族文学的包容性和开放性,促进了欧洲范围内的文化对话。再则,论著以奥·威·施勒格尔和蒂克这两位迄今在我国鲜有介绍的德国早期浪漫派重要代表为研究对象,对他们的文学翻译思考和实践进行了全面的梳理,并且将他们对英国和西班牙文学的译介与早期浪漫派的文学主张紧密地结合在一起,详细地论证了其跨文化交流意识为德国打开了通往世界文学的大门。这也为进一步研究德国浪漫派文学提供了翔实而有价值的参考。

德国浪漫派文学是一个非常复杂的文学现象,正因为如此,它始终是学界仁者见仁、智者见智的热点话题。刘学慧的研究著作在选题、方法和阐释方面无疑走出了自己的路子,值得推荐。可以看得出,作者在大量研究他人成果的基础上,以富有创见的思考模式向我国读者展现出德国浪漫派文学另一个值得认识的图像,难能可贵。

笔者虽在此应命而作序,但也想借机表达对这部著作的偏爱,并且深切地期待着有更多这样的研究成果出现,为我国的德语文学研究创造更大的辉煌。

韩瑞祥

于2011年秋

前　言

“世界文学”这个概念最先由德国的大文豪歌德提出。他在1827年初首次提出“世界文学”的时代已快来临这一说法。其实，在整个18世纪，欧洲范围内就已经发生了跨民族、跨地域、跨语言的文化对话，这场对话一直延续到德国早期浪漫主义文学时期，从历史发展、社会背景以及市场环境等方面催生了德国早期浪漫主义文学时期“世界文学”观的形成。

德国早期浪漫主义文学时期的“世界文学”观注重对外国文学作品的翻译以及对德国中古传统文学的重新编译，使得当时的德国在18世纪末、19世纪初出现了一次空前的翻译高潮。早期浪漫主义者无论是从理论上还是实践上，都兼顾文学创作和文学翻译及评述活动。特别是奥·威·施勒格尔、蒂克等早期浪漫主义文学的主要代表人物都勤勉致力于对他国文学的译介活动，主张从多维度视角对他国文学或古德语文学进行学习与借鉴，包括跨语言、跨地域、跨时间的文学作品，他们都认为有值得学习与借鉴之处。这其中主要是对莎士比亚、塞万提斯等文学大家的著名文学作品的翻译和介绍。

翻译和借鉴是德国早期浪漫主义文学时期“世界文学”观的两个基本概念。首先，文学译介和文学借鉴的根本目的都是为了振兴本民族的文学艺术,进一步推动德国民族文学自身的发展。有选择地翻译介绍伟大的外国文学作品,正是早期浪漫派从文学的角度去完成历史使命,体现所处时代的历史感。另外,德国早期浪漫主义文学时期的文学译介活动,从内容和形式上与当时的文学主张相辅相成,对早期浪漫主义时期文学理论的形成发挥了积极的作用,同时也提供了有力的例证。

德国早期浪漫主义文学时期的“世界文学”观之所以能够成为一个特殊的文学、文化现象,与当时德国的社会背景和经济发展状况有着密切的关系,其渊源甚至可以追溯到18世纪中期的启蒙运动之初。因此,本书拟从当时的社会背景入手,探讨“世界文学”观形成的主要原因。自18世纪中期,文学市场的形成、书籍成为商品、市民阶层的读书革命以及浪漫主义诠释学的兴起等都从各个方面促成了早期浪漫主义文学“世界文学”观的最终形成。接下来,本书将主要介绍奥·威·施勒格尔以及蒂克的文学译介活动,试图对这两位迄今鲜有介绍的德国早期浪漫主义文学的重要代表人物作一次全面的梳理。从他们的文学译介及评述活动中,可以窥见早期浪漫主义文学时期“世界文学”观的具体体现,以及当时的“世界文学”观对德国浪漫主义文学的创作,甚至是对此后的德国文学所产生的重大影响。

歌德认为:世界文学最根本的内容就是翻译介绍外国的优秀文学作品。通过翻译介绍把外来的文学财富变成自己的财产,通过阅读这些作品,各国人民能够增进彼此之间的宽容与尊重,促进相互之间的精神交流。德国早期浪漫主义文学时期,世界文学的具体含义主要体现在对文学翻译的兴趣日增,不管是译自他国文学,还是对中古德语文学的整理与编译,都出现了一个译介高潮。事实上,从18世纪开始,德国的文学界就已经把文学翻译当做民族的义务和使命了。至19世纪30年代,文学翻译活动盛极一时。诺瓦利斯甚至认为，不仅文学作品可以翻译，世界上所有的一切都可以翻译。在早期浪漫主义者看来，翻译作品同样也是文学，文学作品的翻译无异于文学创作本身。

奥·威·施勒格尔盛赞当时的文学翻译活动，称文学翻译者是国家与国家之间的友好使节，是促成民族与民族之间彼此了解与尊重的重要桥梁。鉴于此，本书的主体部分就试图考察奥·威·施勒格尔和蒂克两人在浪漫主义文学早期对促进“世界文学”观形成的具体体现，特别是他们对文学翻译的看法，并介绍他们在译介英国文学、西班牙文学等方面的主要文学翻译活动。在奥·威·施勒格尔的众多文学译介作品中，最有影响力的是他的莎士比亚作品翻译。他在浪漫主义文学早期对莎士比亚的研究介绍，尤其是对莎士比亚戏剧集的翻译，精确传神，堪称范本。时至今日，奥·威·施勒格尔优美的译文仍然是莎士比亚作品在德国的标准译本，很多剧院在上演莎剧时还经常采用他的译本。

蒂克在翻译塞万提斯的《堂·吉诃德》时，对大量穿插在其中的诗歌、故事以及逸事等都尽量忠实再现其原有的韵律。在浪漫主义者眼里，《堂·吉诃德》的文学形式正是他们渐进的整体诗学在小说中的体现。蒂克在评述《堂·吉诃德》时也认为这部著作具有讽刺和诗意的双重特征。在这部小说中，情趣、诙谐、严肃、滑稽、诗意和机智、超凡的想象力以及真实的生活写照等都交融在一起。正是因为其特有的文学表现形式，使得塞万提斯的《堂·吉诃德》在早期浪漫主义文学时期的德国备受重视。塞万提斯也因此被德国的浪漫主义者奉为典范作家。他的小说《堂·吉诃德》对德国浪漫主义文学理论的形成起着不可或缺的作用。通过蒂克的翻译，德国读者对这部小说及其作者有了更深入的认识和了解。

尽管德国早期浪漫主义文学的“世界文学”观最终只是一种不可

企及的幻想,但是早期浪漫主义者通过自己的文学实践以及理论创立始终朝着这个目标努力,并坚信这一目标终将实现。这在一定程度上也印证了早期浪漫主义者所提出的“无限性”原则,即永远处于形成过程之中,永远都在形成,永远都不会完结。也就是说,“世界文学”是一个永远都处于形成过程中的渐进程序。作为早期浪漫主义文学实验的一个重要组成部分,早期浪漫主义者的“世界文学”观最终为德国打开了通往世界文学的大门,并且确定了德国文学对所有其他文学的宽容性与开放性。从这一意义上看,德国浪漫主义文学本身就是奉献给世界文学的一笔宝贵财富,值得学习和借鉴。

Abstract

Das Wort „Weltliteratur“ als Begriff wurde 1827 von Goethe in Umlauf gebracht. Schon seit der ersten Hälfte des 18. Jahrhunderts ist ein gesamteuropäisches Kulturgespräch im Gange. Dieses Gespräch erreichte seinen Höhepunkt in den universalistischen Konzeptionen der deutschen Frühromantik, was die Genese der frühromantischen Idee der „Weltliteratur“ mit sich brachte.

Die Vertreter der deutschen Frühromantik sind neben ihren theoretischen Bestrebungen und literarischen Schöpfungen noch beschäftigt mit literarischen Übersetzungen aus anderen, sogar nicht zeitgenössischen Kulturen, darunter Cervantes, Shakespeare usw. Sie legen großen Wert darauf, dem Publikum das Schöne und das Gute zu vermitteln, sei es aus anderen Kulturen, sei es aus einem anderen Zeitalter. Die frühromantische Idee der Weltliteratur zeigt sich dementsprechend einerseits bei der Übersetzung und Literaturkritik der fremdsprachigen Literatur, andererseits bei der Wiederbelebung der traditionellen altdeutschen Literatur. Beispielhaft sind die Schlegelsche Shakespeare – Übersetzung und Tiecks Übersetzung von „Don Quijote“.

Übersetzung und Aneignung sind Grundbegriffe der frühromantischen Idee von Weltliteratur. Die Frühromantiker setzen sich zum Ziel, durch Übersetzung literarischer Werke aus verschiedenen Sprachen die deutsche Nationalliteratur voranzutreiben. Genau das betrachten sie als ihren Beruf, dem sie jede Anstrengung widmen. Was sie bei der Übersetzung und der Literaturkritik geleistet haben, dient der Frühromantik wiederum zur Theoriebildung.

Die Frühromantik ist nicht einfach eine Gegenbewegung zur Aufklärung, sondern eine Fortsetzung und eine Ergänzung. Die Idee der Weltliteratur in der deutschen Frühromantik wurzelt im geistigen Raum des 18. Jahrhunderts, bzw. in den sozialen Prozessen, die durch die Aufklärung in Gang gesetzt wurden. In der vorliegenden Arbeit wird zuerst versucht, den relevanten Hintergrund für die Entstehung der frühromantischen Idee der Weltliteratur darzustellen: die Herausbildung eines literarischen Marktes und einer literarischen Öffentlichkeit; die Lese-Revolution des Bürgertums und die Entstehung des freien Schriftstellertums. Nicht zuletzt spielen die von den Brüdern Schlegel entwickelten hermeneutischen Prinzipien eine unvermeidliche Rolle bei der Konzeption der frühromantischen Weltliteratur. Anschließend wird die Übersetzungstätigkeit von A. W. Schlegel und Ludwig Tieck anhand einiger Beispiele beschrieben. Dabei ist eine Reflexion zwischen der literarischen Übersetzung und Schöpfungen der Übersetzer selbst und deren Zeitgenossen herzustellen.

Als der wesentlichste Bestand einer allgemeinen Weltliteratur wird von Goethe eben die Übersetzungsliteratur angesehen. Die neue frühromantische Auffassung des Künstlerischen leistet um die

Jahrhundertwende Entscheidendes für den zukünftigen Nachvollzug des Begriffs der Weltliteratur durch Goethe. Eigentlich wurde schon im 18. Jahrhundert das Übersetzen in Deutschland zur nationalen Pflicht. Der frühromantischen Philosophie der Übersetzung ist die Überzeugung zu eigen, dass nicht allein die Literatur, sondern überhaupt die ganze Welt übersetzt werden könne, wie dies Novalis in seinem Blütenstaub-Fragment hervorhebt. Die Übersetzung wird von F. Schlegel mit Dichtung gleichgesetzt und gehört zu den wichtigsten Bestandteilen der frühromantischen „Universalpoesie“.

A. W. Schlegel betrachtet das Übersetzen als ein Selbstverständnis und eine Mission der Frühromantiker. In Übersetzern sieht er Boten von Nation zu Nation und Vermittler gegenseitiger Achtung und Bewunderung. Daher wird im Hauptteil der vorliegenden Arbeit auf die Übersetzungstätigkeit von A. W. Schlegel und Ludwig Tieck eingegangen. A. W. Schlegel hat insgesamt siebzehn Stücke von Shakespeare in metrischer Form übersetzt. Die beiden Übersetzer haben neben ihrer Übersetzungstätigkeit noch Literaturkritik über die Werke von Shakespeare geschrieben, damit die deutschen Leser Shakespeare besser verstehen und die deutschen Schriftsteller mehr von ihm lernen können. Die Schlegelsche und Tiecksche Shakespeare-Übersetzung der deutschen Frühromantik ist heute noch sehr angesehen und gilt weiterhin als uneinholbarer Standard.

Bei Ludwig Tieck ist unter seinen Übersetzungsleistungen das Werk „Don Quijote“ von Cervantes besonders erwähnenswert. Im „Don Quijote“ sind heterogene Elemente wie Scherz, Ernst, Poesie und Witz gemischt. Gerade in dieser Mischung erblicken die Frühromantiker den Ausdruck der progressiven Universalpoesie und halten Cervantes für ein

Vorbild literarischen Schaffens. Dank der Tieckschen Übersetzung ist das Werk von Cervantes für die frühromantische Theoriebildung von großer Bedeutung. Auch dem deutschen Publikum wird zum ersten Mal ein vollständiges Bild von Cervantes und dessen „Don Quijote" direkt aus dem Spanischen ins Deutsche vermittelt.

Durch das literarische Übersetzen streben die Frühromantiker eine progressive Erweiterung des geistigen Raumes der deutschen Literatur durch fremdsprachiges Schrifttum an. Das Ziel der frühromantischen Weltliteratur erweist sich letzten Endes als unerreichbar. Aber deren universal angelegten Plan betrachten die Frühromantiker als einen unvollendeten Prozess, der sich ständig im Werden befindet, was wiederum der Literaturtheorie der Frühromantik entspricht. In diesem Sinne ist die Weltliteratur selbst auch ein progressiver Prozess, wodurch sich die deutsche Literatur immer mehr öffnet und zu einem unentbehrlichen Bestandteil der Weltliteratur entwickelt.

目　录

第一章　引言

第一节　德国早期浪漫主义文学

提到德国早期浪漫主义文学①，大家更多的是想到弗里德利希·施勒格尔（Friedrich Schlegel, 1772 - 1829）以及诺瓦利斯（Novalis, 1772 - 1801）的理论创立，而早期浪漫主义文学的主要代表人物在文学创作以及文学译介方面的功绩似乎则位居其次。浪漫主义文学虽然在18世纪末产生于德国，但是国内外的文学评论界却都认为浪漫主义文学的真正辉煌不在其发源地德国，其艺术成就远不及同时期的法国和英国的浪漫主义文学等。对于文学评论界的这种观点，究其个中原因，我们能够从奥古斯特·威廉·施勒格尔（August Wilhelm Schlegel, 1767 - 1845）的话中窥见一斑："我们并不在意我们自己能够创作出什么样的文学作品，但是前人所创造的伟大的、优美的作品曾经被遗忘、不被重视。现在，我们觉得有必要把

① 对于德国早期浪漫主义文学，本书倾向于 Lothar Pikulik / Silvio Vietta / Roger Paulin 等学者所持的观点：他们认为这段特殊的文学时期是从1790年前后至1805年之间。参见 Pikulik, Lothar: Frühromantik: Epoche - Werke - Wirkung. München 1992. S. 9. 及 Vietta, Silvio (Hrsg.): Die literarische Frühromantik. Göttingen 1983. S. 9. 及 Paulin, Roger: Ludwig Tieck. Stuttgart 1987. S. 22. 这样的阶段划分主要是出于如下考虑：德国早期浪漫主义文学时期基本理论的形成以及主要的文学活动都集中在以耶拿为中心的文化圈，直至1805年浪漫主义文学的活动中心转移到海德堡，早期浪漫主义文学时期才算正式结束。

这些作品重新发掘出来，不管是哪个时期、哪个国度的作品，也不管它的形式对我们来说有多么的陌生，我们都要把它介绍给大家。这才是我们的职业和义务所在，我们愿意为此付出一切努力。”①

不仅奥·威·施勒格尔如是说，德国早期浪漫主义文学的几个主要代表人物，如诺瓦利斯、蒂克（Ludwig Tieck，1773－1853）等都勤勉致力于对他国文学的译介活动，主张从多维度视角对他国文学或古德语文学进行学习与借鉴，包括跨语言、跨地域、跨时间的文学作品，他们都认为有值得学习与借鉴之处。这其中主要是对莎士比亚、塞万提斯等文学大家的著名文学作品的翻译和介绍。在选择译介的文学作品时，早期的浪漫主义文学代表人物都有自己的原则。首先，他们认为：文学译介和文学借鉴的根本目的都是为了振兴本民族和自己国家的文学艺术，进一步推动德国民族文学自身的发展。因此，有选择性地翻译介绍伟大的文学作品，正是早期浪漫派从文学的角度去完成历史使命，体现所处时代的历史感。另外，德国早期浪漫主义文学时期的文学译介活动，从内容和形式上与当时的文学主张相辅相成，对早期浪漫主义文学时期的文学理论的产生发挥了积极的作用，同时也提供了有力的例证。

在译介外国优秀文学作品的同时，德国早期浪漫主义文学的主要代表人物还努力挖掘本民族文学中的精华部分。所有这些文学译介、搜集工作，都对德国浪漫主义文学的创作，甚至是对此后的德国文学都产生了重大的影响。

谈到文学翻译，作为德国早期浪漫主义文学代表人物之一的诺瓦利斯如是说：“翻译既可以是神话式的翻译，也可以是严格意义上的语法翻译，甚至还可以是稍稍有所改变的意译……从这三个层次

---

① Schlegel, August Wilhelm: Sämtliche Werke. Hrsg. von Eduard Böcking. Bd. 12, S. 321.

上来看,我们不仅可以用这几种方法翻译文学作品,甚至可以翻译世界上所有的一切。"[①]诺瓦利斯认为神话式翻译是翻译的最高形式,比如古希腊的神话故事就是对古希腊民族宗教的一种神话式翻译;而语法翻译是最常见的一种纯语文学翻译形式,要求译者具备渊博的知识以及考证推理能力;改写式翻译具有最高的诗律要求,把握不好的话就很容易变成对经典文学作品的讽刺性改写。实际上,德国早期浪漫主义文学时期的翻译活动多为改写式翻译,译者本身就是艺术家,他懂得如何把握作品的整体、如何再现作品的内容与诗律形式。从这一意义上看,译者是"诗人中的诗人"[②],他能够同时把自己和原作者都纳入到翻译过程当中。

德国浪漫主义文学的另一个重要代表人物布伦塔诺(Clemens Bren*tano*, 1778 - 1842)甚至说:"浪漫本身就是一种翻译。"(Das Romantische selbst ist eine Übersetzung.)[③]按照浪漫主义者的观点,不仅文学作品可以翻译,浪漫主义文学创作也近乎于翻译,世界上所有的一切都是可以翻译的。翻译和借鉴是德国早期浪漫主义文学理论的两个基本概念,通过翻译把古今内外的伟大文学作品介绍给德国国内的读者,引领读者发掘外国文化的宝藏,从而达到借鉴和学习的目的。这从一定程度上也印证了歌德关于学习先于创作的观点[④],要"尽早使每个人都学会认识到世间有多么大量的优美的作品",而且

---

① Novalis: Werke in einem Band. Hrsg. von Hans - Joachim Mähl und Richard Samuel. München - Wien 1981. S. 451f. Und in: Das Problem des Übersetzens. Hrsg. von Hans Joachim Störig. Darmstadt 1963. S. 33. 关于诺瓦利斯的这段断片已有中译文出版,见刘小枫选编《德语诗学文选》上卷,上海:华东师范大学出版社,2006 年,第 296 页。

② 同上。

③ Bren*tano*, Clemens: Gespräch über das Romantische. S. 63. In: Die deutsche Literatur in Text und Darstellung. Bd. 8: Romantik I. Hrsg. von Hans - Jürgen Schmitt. Stuttgart 1977, S. 57 - 63.

④ 见《歌德谈话录》中 1825 年 4 月 20 日歌德与爱克曼的谈话(学习先于创作),人民文学出版社,2003 年,第 75 - 79 页。

还要让大家认识到:“如果想做出能和那些作品媲美的作品来,该有多少工作要做。”

关于翻译的作用,尼采在《快乐的科学》中曾经把翻译和改编比作一种文化征服形式。他认为一个时代的历史感可以通过这个时代所做的翻译和吸收此前各个时代的精神和书籍的多寡来推断:“一个时代如何对待翻译,如何把过去的时代、书籍拿来为己所用,人们据此判断一个时代具有多少历史意识。”[①]他还指出,早在古罗马时代,人们就已经“强劲而纯真地将手伸向古希腊的文化遗产,吸纳和利用一切优秀宝贵的东西,将其改编而纳入罗马帝国”[②]。罗马诗人贺拉斯就时常翻译古希腊诗人的经典诗歌,同时自己也著有《诗艺》和《诗集》,并且因为著名的《诗集》而成为拉丁语抒情诗的开创者。尽管如此,贺拉斯仍然强调:为了避免粗制滥造,宁可去阅读和翻译他人伟大的作品,从中汲取营养,也不能随便涂鸦出拙作。任何一部文学作品,无论原作或译作,首先得体现其有用的价值,再者要能够愉悦读者。[③]

以上所有观点,在德国早期浪漫主义文学时期,得到了更充分的体现和发挥。首先是施勒格尔兄弟于1798年至1800年间所主编的三卷文学理论杂志《雅典娜神殿》,[④]为德国浪漫主义的文学纲领奠定了理论基础。弗·施勒格尔在《论文学》里特别强调:除了杂志之外,必须首先把翻译作品和论战文章归入文学的共同疆界之内,凡这条疆界之内的也因此大都可以名正言顺地用无确定内容的称谓“文

① 尼采:《快乐的科学》,华东师范大学出版社,2007年,第152页。

② 同上。

③ Horaz: Poetik 333. In: Puntsch, Eberhard (Hrsg.): Zitaten - Handbuch. Bd. I. Landsberg am Lech 1986, S. 956.

④ 《雅典娜神殿》是德国早期浪漫派最重要的出版物,创刊于1797年底,其中的《〈雅典娜神殿〉断片集》是弗·施勒格尔早期最重要的作品之一。他在《〈雅典娜神殿〉断片集》的第116条断片中首次纲领性地提出了早期浪漫派的诗论。《雅典娜神殿》的诞生标志着德国早期浪漫派的正式成立,并由此进入了鼎盛时期。

学”来名之[①]。因此，在早期浪漫主义者眼里，翻译作品同样也是文学，文学作品的翻译无异于文学创作本身[②]。早期浪漫主义文学的主要代表人物大量翻译和介绍外来的或此前的伟大文学作品，引入精英的文化内容，服务于民族文学以及民族文化的建设，并希望最终能够实现建立“世界文学”体系的设想，促进各民族之间的精神交流和相互了解。他们这样做，不仅突出了历史的东西，也为当时的德国文学增添了典故，从中恰恰能够看出早期浪漫主义者们所承担的历史使命和高度的时代责任感。

因此，本书的重点将是探讨在德国早期浪漫主义文学时期的“世界文学”观，探讨其“世界文学”观形成的主要原因及其具体体现，以及当时的“世界文学”观对德国整个浪漫主义文学的创作，甚至是对此后的德国文学所产生的重大影响。这其中将主要介绍奥·威·施勒格尔[③]以及蒂克的文学译介、评述和创作活动，试图对这两位迄今鲜有介绍的德国早期浪漫主义文学的重要代表人物作一次全面的梳理。

第二节　关于“世界文学”的概念

一、歌德提出的“世界文学”概念

最先把“世界文学”正式作为一个概念提出来的，要算德国的大

① 弗·施勒格尔：《论文学》，李伯杰译。载于：张玉书主编：《德语文学与文学批评》第一卷，人民文学出版社，2007 年，第 28－47 页。此处见第 38 页。

② Schlegel, A. W.: Kritische Schriften und Briefe. Bd. 4: Berliner Vorlesungen. Hrsg. von Edgar Lohner. Stuttgart 1964, S. 35.

③ 由于本书的主要目的之一是梳理奥·威·施勒格尔在早期浪漫主义文学时期的文学译介和文学批评活动，因此，除特别标明之外，文中的施勒格尔皆指施氏兄长奥·威·施勒格尔。

文豪歌德。1827 年 1 月 31 日，歌德与秘书爱克曼在谈到法国诗人贝朗瑞的诗和中国传奇故事《风月好逑传》的取材时，首次引出了“世界文学”这个概念：[①]

我愈来愈深信，诗是人类的共同财产。诗随时随地由成百上千的人创作出来。这个诗人比那个诗人写得好一点，在水面上浮游得久一点，不过如此罢了。马提森先生[②]不能自视为唯一的诗人，我也不能自视为唯一的诗人。每个人都应该对自己说，诗的才能并不那样稀罕，任何人都不应该因为自己写过一首好诗就觉得自己了不起。不过说句实在话，我们德国人如果不跳开周围环境的小圈子朝外面看一看，我们就会陷入上面说的那种学究气的昏头昏脑。所以我喜欢环视四周的外国民族情况，我也劝每个人都这么办。民族文学在现代算不了很大的一回事，世界文学的时代已快来临了。现在每个人都应该出力促使它早日来临。

在同一篇讲话录里，歌德还提到，“碰到好的作品，只要它还有可取之处，就把它吸收过来。”[③]虽然当时歌德是在论及中国文学时引出了“世界文学”这个概念，但是中、西学界都因此而把歌德视为“世界文学”这一文学概念的始作俑者。自此，“世界文学”这个概念正式流传开来。

歌德提出“世界文学”这个概念，是指人类文学发展的一个新的理想的历史阶段——“世界文学的时代”。这个阶段的特点是：各国、各民族的文学相互影响、相互渗透、相互吸收而成为“世界文学”这一整体中的有机组成部分，成为人类共有的精神财富。[④] 在此需要说明的一点是：歌德是从唯心的普遍人性论出发，一方面强调重视各国、

---

① 爱克曼(辑录)：《歌德谈话录》，安徽教育出版社，2006 年，第 117 页。

② 马提森(Mathisson，1761－1851)是和歌德同时期的德国抒情诗人。

③ 爱克曼(辑录)：《歌德谈话录》，安徽教育出版社，2006 年，第 117 页。

④ 索绍武：《比较文学论要》，北京：民族出版社，2004 年，第 129 页。

各民族的文学,但另一方面又强调,仍然要经常回到古希腊人那里去找文学的典范。

实际上,自 1827 年歌德在论及中国文学时正式提出了"世界文学"这个概念之后,在德国有关"世界文学"的争论层出不穷,曾经有过几次争论的高潮:1848 年的德国三月革命前的时期,第一次世界大战直到希特勒上台这段时期,以及二战结束以后,德国的文学研究界都曾就"世界文学"这一话题进行过激烈的争论。自 20 世纪 60 年代开始,马克思主义文学研究悄然兴起,随之出现了比较文学的研究高潮;到了 80 年代,文学研究界对世界文学以及比较文学的研究表现出了极大的兴趣,比较文学甚至与世界文学或总体文学等同起来。可惜,近两百年过去了,时至今日,文学研究者们对于"世界文学"的内涵还没有达成一致的认识。正相反,学者们对于"世界文学"的理解更趋不同。但是,有一点大家都达成了共识,"世界文学"绝不是指世界上所有民族文学和各个国别文学的总和。

二、启蒙运动时期的"世界文学运动"

豪泽尔(Arnold Hauser)曾在《艺术与文学的社会史》一书中写道:"在'世界文学'这个词作为一个概念出现之前,欧洲早就已经有了'世界文学运动'。启蒙运动时期的欧洲文学,包括法国启蒙思想家伏尔泰、狄德罗、卢梭的作品,还有英国的洛克、法国的赫尔威提乌斯(Helvétius, 1715 – 1771)等人的作品,都已经是严格意义上的'世界文学'了。早在 18 世纪上半叶,欧洲范围内就已经掀起了一场跨国度的对话,源自不同文化的国家、民族都参与到这场盛况空前的文化对话中。"①

① Hauser, Arnold: Sozialgeschichte der Kunst und Literatur. München 1978, S. 647f.

豪泽尔提到的这场文化对话一直持续到德国早期浪漫主义文学时期,并达到高潮。主要原因就在于德国早期浪漫主义者所提出的"整体诗学"[①](Universalpoesie)的主张。德国早期浪漫主义文学时期,社会文化及政治背景都发生了深刻的变化,更加推动了此前已经形成的世界文学运动的发展。弗·施勒格尔所提出的"整体诗学"一词,恰恰与维兰德(Christoph Martin Wieland, 1733－1813)早先已经提到的,但还未正式成为概念的说法有所吻合。有研究发现,1790年,维兰德在翻译贺拉斯的《书札》时也曾经提到过"世界的文学"这一说法[②]。维兰德在翻译《书札》的过程中,附有详细的导言和知识性注脚,目的不只是为了翻译才翻译,而是要让德国读者真正能够看得懂贺拉斯的作品,理解其具体的含义。维兰德还是用德语散文体翻译莎士比亚的第一人[③],翻译介绍了大量的莎氏作品以及古希腊、罗马时期的经典诗作。他翻译的二十二部莎士比亚戏剧译本是后来赫尔德、歌德、席勒等人了解莎士比亚的主要依据[④],尤其对德国早期浪漫主义文学时期的莎士比亚译介活动影响深远。

德国前期启蒙运动的领导人戈特舍德(Johnann Christoph Gottsched,1700－1766)曾在18世纪早期首先成立专门的翻译小组,尽管当时的主要任务是翻译介绍法国的文学作品。从中我们也可以推断出,德国的"世界文学"理念实际根源是18世纪的理论思潮,来

① Universalpoesie也被译作"总汇诗"或"综合诗"。此处译见范大灿:解读《一个热爱艺术的修士的内心倾诉》——代译序。见威廉·亨利希·瓦肯罗德:《一个热爱艺术的修士的内心倾诉》,谷裕译,北京:三联书店,2002年,第1－32页。

② Weitz, Hans－J.: „Weltliteratur" zuerst bei Wieland. In: Arcadia 22 (1987), S. 206－208.

③ 利茨玛:《自我之书——维兰德的〈阿里斯底波和他的几个同时代人〉》,莫光华译,华东师范大学出版社,2006年,第414页。

④ 余匡复:《德国文学史》,上海外语教育出版社,1991年,第118页。

自18世纪盛行的普适主义[1](Universalismus),特别是法国的启蒙思想。如此看来,歌德在1827年提出的“世界文学”,就不是什么本质上的新鲜事物了。

在德国,很多学者都深受法国的普适主义启蒙思潮的影响,希望通过文学的启蒙力量把整个人类联合起来,从中获取进步的精神食粮。这里要特别提到赫尔德(Johann Gottfried Herder,1744-1803),他对促进德国早期浪漫主义文学的“世界文学”观的形成发挥了重要的作用。赫尔德早年与法国文坛泰斗狄德罗结下友谊,在世界观上也深受狄德罗的影响,极具民主思想。1770年,在赫尔德及其学生歌德的领导下,德国掀起了一场文学运动——狂飙突进运动。这场运动旨在宣传推广德国自己的语言和文学,特别是德国自己的民间文学。歌德称这场运动是为了增加“民族的文学含量”[2],是为了建立德国自己的民族意识和文化意识。其原因在于:狂飙突进运动之前,戈特舍德在启蒙运动早期竭力推崇法国文学,以至于德国的文学曾经一味盲目地模仿法国文学的形式和内容,而对自己民间文学的传统不予重视。为了抵制法国文化霸权,狂飙突进运动把主要矛头指向模仿法国文学,反对法国文化在德国的核心地位。在此背景下,赫尔德着手搜集整理德国的民间文学,特别是民间诗歌,同时也搜集了欧洲范围内的民间诗歌。1778年,赫尔德出版了他整理的《民歌集》,1807年再版时改名为《民歌中各族人民的声音》(Stimmen der Völker in Liedern)。赫尔德把全人类看做是音乐大师手里的一只大竖琴,他认为每个民族都是这只大竖琴上一根发出特有声调的琴弦,

---

① 也有译作“整体主义”。见冯亚琳:《浪漫派文学——德语文学花园中的奇葩》,载于:张玉书(主编):《德语文学与文学批评》第一卷,人民文学出版社,2007年,第1-16页。此处见第4页。

② Pikulik, Lothar: Frühromantik: Epoche - Werke - Wirkung. München 1992, S. 32.

他理解各种琴弦不同声响的普遍的和谐①。赫尔德对德国民间诗歌、民间文学的发掘、搜集和研究,使德国民间文学重新受到重视。他对民间文学的搜集整理工作直接影响到浪漫主义的作家,特别是他在整理欧洲民歌时所提出来的近乎"世界文学"的主张,更是被早期浪漫主义文学的代表们所继承。

虽然,当时赫尔德的观点还比较抽象,后来由歌德将这一观点发挥为具体的、动态发展的"世界文学"观。歌德的"世界文学"观既不是一种量的堆积(不是世界各地的文学之和),也不是质的标准(诸如以希伯来、中国、古希腊或者古埃及中最好的文学为范文),而是在各国和各民族文学的交流和交融中产生具有无限生命力的某种人类文明的精神②。

三、马克思、恩格斯的世界文学观

在歌德提出"世界文学"这一概念二十年之后,马克思、恩格斯在《共产党宣言》中再次论及"世界文学",认为世界市场的开拓使各民族的精神产品成了公共财产,因而形成了世界文学:

"资产阶级,由于开拓了世界市场,使一切国家的生产和消费都成为世界性的了。使反动派大为惋惜的是,资产阶级挖掉了工业脚下的民族基础。古老的民族工业被消灭了,并且每天都还在被消灭。它们被新的工业排挤掉了,新的工业的建立已经成为一切文明民族的生命攸关的问题;这些工业所加工的,已经不是本地的原料,而是来自极其遥远的地区的原料;它们的产品不仅供本国消费,而且同时供世界各地消费。旧的、靠本国产品来满足的需要,被新的、要靠极

① 亨利希·海涅:《浪漫派》,薛华译,上海人民出版社,2003 年,第 105 页。

② 范捷平(主编):《奥地利现代文学研究——第十二届德语文学研究会论文集》,浙江大学出版社,2007 年,前言第 1 页。

其遥远的国家和地带的产品来满足的需要所代替了。过去那种地方的和民族的自给自足和闭关自守状态,被各民族的各方面的互相往来和各方面的互相依赖所代替了。物质的生产是如此,精神的生产也是如此。各民族的精神产品成了公共的财产。民族的片面性和局限性日益成为不可能,于是由许多种民族的和地方的文学形成了一种世界的文学。"①

马克思主义的"世界文学"观是从经济基础和世界市场的角度出发,对一体化和综合性的必然趋势作了宏观描述。由于世界在物质生产和精神生产方面的整体性融合,各民族文化和文学的相互影响及渗透、综合是不可避免的;马克思主义的"世界文学"观是极其辩证的:"世界文学"不是一种单色调的东西,它是由"许多种民族的文学和地方的文学"形成的,包括科学、艺术、哲学、政治等方面的著作。

而歌德提出建立"世界文学"体系,是从唯心的普遍人性论出发,与他所处时代的文学"世界主义"密不可分。虽然文学艺术的发生总是地域性或民族性的,但就文学艺术成其为文学艺术而言,它始终就有着人类性和世界性②。歌德认为:"世界文学"最根本的内容就是翻译介绍外国的优秀文学作品。通过翻译介绍把外来的文学财富变成自己的财产,通过阅读这些作品,各国人民能够增进彼此之间的宽容与尊重,促进相互之间的精神交流。"德国人很早以来就为这种沟通、为这种相互承认,贡献自己的力量。谁要是懂得并研究德语,谁就会觉得,他身居这样一个市场,在那里所有的民族都推销自己的商品,他自己充当翻译,同时他自己也富裕起来。"③这就是"世界文学"最基本的任务。歌德用"世界文学"这个名称是期望有朝一日各国文

---

① 马克思/恩格斯:《共产党宣言》,人民出版社,2004 年,第 31 页。

② 章安祺等:《西方文艺理论史——从柏拉图到尼采》,中国人民大学出版社,2007 年,第 256 页。

③ 歌德:《论文学艺术》,范大灿等译,上海人民出版社,2004 年,第 367 页。

学都将合而为一①,他的最终理想是要把所有文学统一起来形成一个伟大的综合体②,让每个民族的文学都将在这样一个全球性的大合奏中找到自己的位置。

歌德相信,世界上所有的人合在一起才组成人类,天底下有一种共同的人性之美,全世界的人凭着这种人性可以互相了解、彼此理解,即使不能相互喜爱也至少能彼此容忍。各个民族都要了解所有民族之间的关系,这样每个民族在别的民族中才能既看到令人愉快的方面也看到令人反感的方面,既看到值得学习的方面也看到应当避免的方面③。在传播与交流中,各民族伟大的文学作品都流淌着美好的人性之泉,这也必将促进"世界文学"时代的真正到来,有益于全人类的发展。虽然歌德自己也看到,"世界文学"是一个非常遥远的理想,却正是人类永远追求的目标。歌德的"世界文学"观虽然不免有些理想化,但他所提出的"世界文学"的概念确实有其前瞻性。

马克思主义从物质角度、歌德从精神角度,分别对"世界文学"的到来提出了展望和预见。真正的"世界文学"不是指事实上永远也不会到来的文学的一体化、单一化,而是指不同民族、不同国家的文学中所包含的人性的深度和普泛性以及各国人民之间的沟通。

第三节　德国早期浪漫派的世界文学观

如上文所述,虽然"世界文学"正式作为一个概念,是由歌德在19世纪20年代末才提出来的;但是,任何一个概念的提出总是在业

① 韦勒克/沃伦:《文学理论》,江苏教育出版社,2005年,第43页。

② 毛信德/蒋承勇(主编):《多元文化与外国文学》,浙江大学出版社,2005年,第419页。

③ 歌德:《论文学艺术》,范大灿等译,上海人民出版社,2004年,第378页。

已初露端倪的现实基础上总结而形成的。在18世纪牵涉整个欧洲范围内的文化对话，一直延续到德国早期浪漫主义文学时期，从历史发展、社会背景以及市场环境等方面催生了德国早期浪漫主义的"世界文学"观的形成。

许森（Andreas Huyssen）认为：德国早期浪漫主义文学时期的两个基本概念就是：翻译与借鉴[①]。而早期浪漫主义文学的"世界文学"观也正是以这两点为基础而展开的。

翻译在德国一直是一个优良传统，这个传统可以上溯到马丁·路德的《圣经》翻译。路德的《圣经》译本为统一德国的语言提供了规范和基础，对德国的语言统一起了巨大的推动作用，使德国人民自16世纪初终于有了自己的共同语言。时至今日，有统计资料显示，德语在世界上作为被翻译的文字，仅次于英语和法语，位居全球第三；而在把其他文字翻译成本民族语言方面，德国则在世界上占据首位——德国是当今世界第一翻译大国！[②] 要想获得这一殊荣恐怕不是一两日可以办到的，绝对是优良传统使然，而德国早期浪漫主义文学时期大量的翻译活动对此也功不可没。

有了翻译在前，借鉴则理所当然。首先，选译不同语言、不同时期的优秀文学作品，让大家从中学习、借鉴、模仿，继而创造出自己的作品。故此，早期浪漫派认为：文学创作的最佳境界就是"整体诗学"，就是包罗万象的对世界的认知；通过文学创作，可以促使个体形成对"无限"的正确认识和理解。早期浪漫派对文学艺术的这些新见解为日后歌德提出"世界文学"这一概念奠定了关键性的基础。他们的观点与歌德对"世界文学"的理解不谋而合。歌德每提到自己对

---

① Huyssen, Andreas: Die frühromantische Konzeption von Übersetzung und Aneignung. Zürich 1969, S. 23.

② 孙周兴/陈家琪（主编）：《德意志思想评论》第三卷，同济大学出版社，2007年，总序第一页。

"世界文学"的看法时,总是强调说,要阅读其他民族的好的文学作品,从中汲取营养,获得世界知识,只有这样,世界各民族之间才能彼此宽容与尊重。在歌德看来,普遍意义上的"世界文学",其根本任务就是文学翻译,通过文学翻译来介绍伟大的文学作品①。歌德认为:"真正具有绝对独创性的民族是极为稀少的,尤其是现代民族,更是绝无仅有。如果想到这一点,那么,德国人根据自己的情况从外部吸收营养,特别是吸收外国人的诗的意蕴和形式,就用不着感到羞耻。"②不过,在这个吸收营养的过程中,"外来的财富必须变成我们自己的财产。要用纯粹自己的东西,来吸收已经被掌握的东西,也就是说,要通过翻译或内心加工使之成为我们的东西。"③

在德国早期浪漫主义文学时期,"世界文学"的具体含义主要体现在对文学翻译的兴趣日增,不管是译自他国文学,还是对德国中古传统文学的整理与编译,都出现了一个译介高潮。事实上,从18世纪的启蒙运动时期开始,德国的文学界就已经把文学翻译当做民族的义务和使命了。至19世纪30年代,文学翻译活动盛极一时。

文学翻译在早期浪漫主义时期的繁荣发展与德国当时的社会、政治状况密切相关。处在18、19世纪之交的德国,仍然由三百多个割据的小公国组成,整个民族缺少一个可以让作家们聚在一起的社会活动中心。关于这一点,蒂克在他的两卷本著作《德国戏剧》中专门作了详细的评述(详见本书第四章第一节"一"部分)。蒂克在书中特别谈到了德国戏剧的发展现状,他认为德国当时没有像英国或西班牙那样拥有一个统一的文化中心,不具备产生经典的基础,故此德国一直都未能拥有自己的伟大戏剧作品。"全民族文化"对于当时

---

① Strich, Fritz: Goethe und die Weltliteratur. Bern 1957, S. 18.

② 歌德:《论文学艺术》,范大灿等译,上海人民出版社,2004年,第180页。

③ 同上。

的德国作家来说还无从谈起。民族的现实没有为德国的作家们提供必要的铸造民族文学的条件，作家们更多地是在缺乏明确的民族文化和文学认同的情势下去为自己的民族做文化探索和文学创构的。①

正因为德国当时没有一个统一的文化中心，所以德国的作家和文学翻译家就可以不受限制，具有了更加开放的视野。在当时的社会历史条件下，早期浪漫主义文学时期的"世界文学"主张一方面是继续挖掘自己民族的历史文化遗产，使之重新受到重视；另一方面就是向外国的经典作家借鉴和学习了。其最终目的都是为了铸就德国自己的民族文学。"民族文学"的铸就在近代德国一开始就是一个面向世界的问题，正是这种特殊的历史情境才使德国民族文学的代言人——而不是其他民族文学的代言人——有可能最早向世人报告"世界文学的时代"即将来临的消息②。而德国的早期浪漫主义者率先充当了德国民族文学的代言人这一角色，其代言的内容发端于面向世界的经典作品翻译和借鉴，通过学习和模仿来达到创作出德国自己的民族文学作品的最终目的。

在选择译介的文学作品时，早期的浪漫主义文学代表人物都有自己的原则。首先，文学译介和文学借鉴的根本目的都是为了发展本民族的文学艺术。选择文学译介的作品时，不仅要重新把握本国文化传统的方向，还要考虑到文学作品的翻译会带来哪些文化效果和社会效果③，是否能够真正做到推动本国民族文学的发展。因此，早期浪漫主义者们所从事的文学译介活动，不仅包括对外国文学的

---

① 章安祺等:《西方文艺理论史——从柏拉图到尼采》，中国人民大学出版社，2007年，第256页。

② 章安祺等:《西方文艺理论史——从柏拉图到尼采》，中国人民大学出版社，2007年，第257页。

③ 陈永国(主编):《翻译与后现代性》，中国人民大学出版社，2005年，代序，第13页。

优秀作品的译介和评述，还包括对德国中古时期的古德语文学进行的发掘、整理、编译和出版，以期德国本身的传统文化重新被发现和引起重视；除此之外，德国早期浪漫主义者对同时期德国文学的研究与整理，特别是对当时几位英年早逝的作家遗作进行整理、编辑、续写、出版等工作，也属于德国早期浪漫主义文学时期"世界文学"观的重要组成部分之一。

弗·施勒格尔在著名的《〈雅典娜神殿〉断片集》第116条断片[①]中首次提出了早期浪漫主义文学的纲领性诗论：浪漫诗是渐进的总汇诗（progressive Universalpoesie）。它的使命不仅是要把诗的所有被割裂开的体裁重新统一起来，使诗同哲学和修辞学产生接触。它想要并且也应当把诗和散文、天赋和批评、艺术诗和自然诗时而混合在一起，时而融合起来，使诗变得生机盎然、热爱交际，赋予生活和社会以诗意把机智变成诗，用一切种类的纯正的教育材料来充实和满足艺术的形式，通过幽默的震荡来赋予艺术的形式以活力。它包括了凡是有诗意的一切，最大的大到把许多其他体系囊括于自身中的那个艺术体系，小到吟唱着歌谣的孩童哼进质朴的歌曲里的叹息和亲吻。[②]"凡是有诗意的一切"，虽然是指浪漫诗所包含的形式，却也说明了早期浪漫主义文学对"世界文学"及文化对话的态度。

在早期浪漫主义者看来，文学翻译就是要把任何一个时代、任何一种语言、任何一个民族的伟大作品重新展现给德国读者，这其中也包括德国自己的中古德语文学以及当时极具世界共通人文思想的意大利文学、英国文学和西班牙文学作品等。如果能够将外国文学的

---

① 断片是德国早期浪漫主义文学时期的一种特殊文学体裁，其形式简练、犀利、开放。早期浪漫派的代表人物都曾采用断片的文学形式表达自己的哲学思考和文学主张，试图用断片的开放性来对抗体系的封闭性，以激活精神，使精神始终保持在运动状态中。

② 弗·施勒格尔：《浪漫派风格——施勒格尔批评文集》，李伯杰译，华夏出版社，2005年，第71页。

优秀作品翻译成为自己民族的语言，这是自己民族走向文明的重要一步。① 在此，有必要再次提到本书开篇所引用的奥·威·施勒格尔的那一段话，以此来概括德国早期浪漫主义者的“世界文学”观：“我们并不在意我们自己能够创作出什么样的文学作品，但是前人所创造的伟大的、优美的作品曾经被遗忘、不被重视。现在，我们觉得有必要把这些作品重新发掘出来，不管是哪个时期、哪个国度的作品，也不管它的形式对我们来说有多么的陌生，我们都要把它介绍给大家。这才是我们的职业和义务所在，我们愿意为此付出一切努力。”②早期浪漫主义者视译介为己任，重新发掘前人所创造的伟大的、优美的作品，把它介绍给大家，以供借鉴和模仿。这一观点发展到当今依然备受重视。因为，要使德国的诗学真正能够存在，就必须立足于世界文学的视野。③

关于德国早期浪漫主义文学时期“世界文学”观的具体含义，另有几点需要特别指出：事实上，任何一种艺术借鉴的根本目的都是为了发展本民族的艺术水平④。早期浪漫主义文学时期的“世界文学”观所体现的时代使命是为了推动德国民族文学的发展，并以此为己任，充满了时代精神；而歌德在此后所提出的“世界文学”概念中，宣称“民族文学在现代算不了很大的一回事”，则是从人文角度强调了各民族之间相互交流、相互沟通的重要性。歌德是一位典型的古典主义者，他心目中最高的艺术典范就是古希腊的文学艺术。歌德把学习古希腊艺术看做进入艺术殿堂的入口，为此他还专门于 1798 年

---

① 见歌德：《论文学艺术》，范大灿等译，上海人民出版社，2004 年，第 157 页。

② Schlegel, August Wilhelm: Sämtliche Werke. Hrsg. von Eduard Böcking. Bd. 12, S. 321.

③ 伽达默尔：《哲学生涯》，陈春文译，北京：商务印书馆，2003 年，第 87 页。

④ 李平：《东海与西海——比较视野中的文本解读与文化思考》，上海文艺出版社，2006 年，第 187 页。

创办刊物《雅典神殿的入口》，阐发自己对艺术的见解，同时也是为了应对早期浪漫主义文学的思想挑战。在有关“世界文学”的同一篇讲话录里，歌德说道：“如果需要模范，我们就要经常回到古希腊人那里去找，他们的作品所描绘的总是美好的人。对其他一切文学我们都应只用历史眼光去看。”[①]歌德的“世界文学”概念忽略了民族文学的重要性，着重强调了各民族之间应该相互交流、相互沟通；而早期浪漫主义文学时期的“世界文学”观则把发展德国的民族文学当做最终目的。这正是早期浪漫主义者与歌德对“世界文学”的理解的不同之处。

早期浪漫主义文学时期的“世界文学”观在当时的文学理念中也得到了充分的体现。弗·施勒格尔在《论文学》里首次把杂志、翻译作品和论战文章都纳入了文学的共通范畴（见本书第一章第一节），无疑肯定了翻译的重要作用。按照他的观点，文学翻译无异于文学创作，那么，早期浪漫主义者所从事的大量文学翻译和译介评述也就无异于文学创作。从这一点来看，德国早期浪漫主义文学时期的“世界文学”观就使得当时总的文学创作成就有了更加广泛的范围。

德国早期浪漫主义文学时期的“世界文学”观完全用开放的眼光开辟了一个新的接受领域，不再对古希腊、罗马时期的文学顶礼膜拜，也不再停留在对法国文学的盲目崇拜和模仿，而是从一个全新的跨时空视角去完成历史所赋予的文学使命。因此，德国早期浪漫主义文学时期的“世界文学”观既体现了历史感，也具有现实感。正是这种跨民族、跨文化、跨地缘的历史感和现实感的有机交融，促使当时的德国文学也能够发展成为世界文学的一个重要组成部分。

① 爱克曼（辑录）：《歌德谈话录》，人民文学出版社，2003 年，第 111 页。

第二章　德国早期浪漫派的世界文学观产生的历史背景

第一节　浪漫主义文学是启蒙运动的延续和发展

在当今的浪漫主义文学研究中，浪漫主义与启蒙运动的关系一直是文学研究者们热衷探讨的一个重要话题。关于启蒙运动时期的界定，一般都认为大约从1730年起至1770年止。但是，若从社会历史发展的角度看，启蒙运动时期并没有明显的时代界限，它其实是"一场跨时期的运动，是整个18世纪社会发展的一个重要组成部分。18世纪的其他文学流派，如感伤主义、狂飙突进、古典时期，甚至早期浪漫主义也可以说都归属于启蒙运动。"[①]早期浪漫主义的基本思想和理论主张在很大程度上可以归入启蒙运动，甚至还可以说早期浪漫主义是对启蒙运动的继承和批判。[②]

传统的文学史研究曾经认为：德国早期浪漫主义文学完全反对启蒙运动的思想，浪漫主义甚至是一种与启蒙运动体系相对立的思想流派。也有学者认为，启蒙运动和浪漫主义的对立源于它们各自的社会、阶级基础。启蒙运动的思想体系，鲜明地表现出反封建的性

---

① Pütz, Peter: Die deutsche Aufklörung. Darmstadt 1979, S. 153.

② Vietta, Silvio (Hrsg.): Die literarische Frühromantik. Göttingen 1983, S. 21.

质。而德国乃至整个西欧的浪漫派思想体系,生长在错综复杂的氛围中——一方面是封建社会制度的毁蚀和倾覆,另一方面是新的资本主义关系的发展。故此它在所有方面,首先是在主要方面,具有反资产阶级的性质,与启蒙运动对立。[①] 德国早期浪漫派的代表人物之一奥·威·施勒格尔在《启蒙运动批判》中主要从四个方面对启蒙运动展开了批判:启蒙运动过分强调理性,反对想象力的作用;一切囿于有限;宗教不再神秘;虽然主张宽容与人性,但恰恰成为冷淡主义的借口等。[②] 而浪漫主义则注重主观想象,崇尚"无限"和"永恒",提倡形式自由,极富神秘主义色彩。但是,奥·威·施勒格尔对启蒙运动所做的这些批判,并不意味着浪漫主义文学与传统文学完全决裂。其实,从很多方面来讲,德国早期浪漫主义文学不能简单地被看做是对启蒙运动的颠覆或反拨;相反,早期浪漫主义作家接受并继承了启蒙运动的一些重要思想,并在此基础上进一步发挥了启蒙运动的精神,努力扩大它的视野。

对此,德国图宾根大学基础神学教授、当代基督教最有影响力的大思想家汉斯·昆从宗教角度给予了有力的佐证和肯定,他认为:启蒙运动和早期的浪漫主义,在反对诸侯和僧侣的专制主义统治,拒绝偏见、迷信、伪善、压制和火刑,总而言之,在肯定人的自我解放方面,完全是一致的。换句话说,浪漫主义与非理性最初只有一种间接的关系;对它来说,重要的是把理性与非理性,即人类灵魂、自然和历史中尚未被意识所达及的领域加以调和。因此,浪漫主义首先应被理

---

① [俄]加比托娃:《德国浪漫哲学》,王念宁译,北京:中央编译出版社,2007年,第6页。

② Schlegel, A. W.: Kritik an der Aufklärung. In: Die deutsche Literatur in Text und Darstellung. Bd. 8: Romantik I. Hrsg. von Hans-Jürgen Schmitt. Stuttgart 1977, S. 25-56.

解为是对启蒙运动的批判性的继承和发展。①

德国早期浪漫主义文学对启蒙运动的继承与批判主要反映在对待理性和文化传统的态度上。启蒙运动在确立理性作为衡量一切事物的最高尺度时,也抛弃了欧洲几千年的文化传统②,把人性的婴孩连同过时的社会和政治的洗澡水一起倒掉了。而早期浪漫主义文学就是要突破启蒙理性的局限性,返回到一种更为宽广、更为丰富多彩的传统。这种传统既是民族的、大众的、中古的和原始的,也是现代的、文明的和理性的传统。因此,德国早期浪漫主义文学在讲求突破创新的同时,既尊重中古文学传统,又注重树立德国文学的民族感,意在促进德国民族文学的发展。

早期浪漫主义文学中所体现出来的"世界文学"的主张,正是源于启蒙运动的人文思想,并在这里进一步得到体现和发挥。可以说,德国浪漫主义文学的形成本身就是在批判和吸收传统文学的过程之中完成的。而这种批判与吸收主要反映在以下两个方面:一是对德国民族文学的发现与挖掘,二是对欧洲传统文学的整理与介绍③。严格地说,德国早期浪漫主义文学实际上是18世纪启蒙运动的继续。从这一意义上讲,1790年始出于维兰德笔下的"世界的文学"一词应该也是具有启蒙意义的一个说法。他甚至认为:启蒙运动的追求与世界公民的理想其实殊途同归④。因为有了世界主义(Kosmopolitismus)、世界公民(Weltbürger)这些说法,歌德在此基础上才正式提出了"世界文学"这个概念。

---

① [德]汉斯·昆/瓦尔特·延斯:《诗与宗教》,李永平译,北京:生活·读书·新知三联书店,2005年,第163-164页。

② 高伟光:《英国浪漫主义的乌托邦情结》,中央编译出版社,2004年,第34页。

③ 冯亚琳:《德语文学与文化——阐释与思辨》,重庆出版社,2007年,第192页。

④ 利茨玛:《自我之书——维兰德的〈阿里斯底波和他的几个同时代人〉》,莫光华译,华东师范大学出版社,2006年,第422页。

文学史论者在论及德国浪漫主义诗人对民族民间文学的挖掘搜集工作时，都认为这些丰硕的成果不仅振兴了德国民族文学的发展，同时还表现出了浓厚的世界主义精神及其乌托邦色彩①。

早期浪漫主义的大多数代表人物都出生于1770年前后，是在启蒙运动的熏陶下成长起来的。他们经历了社会和政治的特殊历史转型时期，处境尴尬而矛盾。在启蒙运动时期，理性曾经作为衡量一切事物的最高尺度。在理性精神的指引下，人们相信进步的学说，相信科学技术的力量。但是，现实的状况表明，理性并不能给人们带来理想中的幸福生活。青年一代对现实表示怀疑、对未来表示担忧，于是试图开辟新的天地、找寻新的方向，所以他们一方面沿袭了启蒙运动的进步思想，拓宽和深化了启蒙理性的内涵，既珍视现实，也珍视理想；另一方面则努力在此基础上有所批判、有所突破，既尊重传统，也敢于创新。比如诺瓦利斯原名叫做弗里德里希·封·哈登贝克(Friedrich von Hardenberg)，而“诺瓦利斯”这个笔名意思是“开垦新大陆的人”，据说来源于哈登贝克家族古老的拉丁文别名“德·诺瓦里”，本身就含有创新②的意思。诺瓦利斯作为早期浪漫主义的代表人物，对浪漫主义的内涵做出了纲领性的定义，浪漫主义者不仅要浪漫地描述生活，而且要将生活艺术化，让自己陶醉在艺术的乌托邦中，这种浪漫化的做法首先是简化和统一生活，让生活从一切历史存在的令人痛苦的辩证关系中解脱出来，将生活中不可解决的矛盾清除出去，将反对美梦和幻想的理性阻力减弱。每一个艺术作品都将是一幅梦幻虚境，每一种艺术都将用乌托邦代替真实存在。”③浪漫

① Ribbat, Ernst (Hrsg.): Romantik. Ein literaturwissenschaftliches Studienbuch. Königstein/Ts. 1979, S. 232.

② 参见其他同根德文词：Nova(新星、新书、创新)；Novation；Innovation 等。

③ 舒雨：《如何理解欧洲的浪漫主义》，见孔德明/华宗德(主编)：《日耳曼学研究——贺张威廉先生百岁华诞论文集》，上海：上海外语教育出版社，2002年，第8页。

主义者在现实中无法适应历史和社会处境,因此他们选择了逃避,追求梦幻、黑暗、虚无和无限,试图从宗教和复古中寻找乌托邦式的满足。诺瓦利斯还强调:"这个世界必须浪漫化","浪漫化无非是质的生成。低级的东西通过浪漫化跟较高级的东西同一起来。既然我给了低级的东西较高的地位,使落入俗臼的东西披了神秘的外衣,使熟知的东西恢复未知的尊严,使有限的东西复归无限,我就使所有这一切都浪漫化了。"[①]这不仅仅是诺瓦利斯给浪漫主义所作的定义,同时也是他给德国早期浪漫主义开出的处方。

早期浪漫主义者认为:文学应该体现时代精神,所以他们试图重新建立所谓的"整体诗学",从诠释学的角度理解"整体诗学"的各个部分。早期浪漫主义者试图建立"整体诗学"的初衷,就是为了要创立德国语言的世界文学。

早期浪漫主义文学从本质上说就是一种实验。浪漫主义者试图以语言为工具从事他们的文学实验,借此探讨人们获得认知、信仰、经验等方面新的可能性。对于传统的所谓文学准则,浪漫主义者首先是感到失望、不满,继而产生怀疑。所有那些通常的、普遍的、自然的惯例,浪漫主义者都表示出质疑,具有鲜明的挑战传统的创新精神。他们力主冲破启蒙运动以来的清规戒律,重视民间文学,大量搜集中古民族史诗和民间故事作品,主张运用历史比较的方法去研究欧洲范围内的民间文学。

"整体诗学"理论继承和发扬了法国启蒙思想家的现代主义学说,特别是法国早期启蒙运动的哲理作家丰丹耐尔[②](Fontenell,1657－1757)的进步思想。丰丹耐尔一反传统的保守观点,认为古希

① 舒雨:《如何理解欧洲的浪漫主义》,见孔德明/华宗德(主编):《日耳曼学研究——贺张威廉先生百岁华诞论文集》,上海:上海外语教育出版社,2002年,第8页。

② 法国启蒙学者,发表过许多关于自然科学的通俗入门作品。

腊、罗马时期的文化并非不可超越的神圣偶像，大家不必对此顶礼膜拜，也不要受它的束缚而裹足不前。根据丰丹耐尔的观点，在启蒙运动的新形势下，现代诗学具有同样重要的地位，甚至可以说远远超出了古希腊、罗马时期的文化霸权地位。诺瓦利斯在他著名的宗教、政治、诗歌文献《基督教或欧罗巴》一文中以文学化的方式表达了一种崭新而生动的浪漫主义态度，即：浪漫主义不再是古典主义的一味“返回古代”，而是“向极端的现代诗前进”！其前提条件当然是重新思考过去。①

自此，德国文学也一下子从中解放了出来，摆脱了古希腊、罗马时期文化典范的禁锢，并且已经意识到古希腊、罗马时期的传统艺术标准不一定能够适应新的时代发展，同时，文学创作者们也认识到，任何艺术创作都是富有个性的、实实在在的创造活动。

早期浪漫主义者正是凭着相同的观点和兴趣聚集到了一起，“他们不是一群心醉神迷的发思古之幽情者；显而易见，他们是现代的文学先锋派”。② 尽管他们表面上看来都有向后转的倾向，但是目光最终是朝前看的。对于与浪漫主义文学时期相邻的文学流派，早期的浪漫主义文学代表人物并未表示出广泛的兴趣。相反，他们倒是对久远的、陌生的历史怀着极大的好奇心与求知欲。施勒格尔兄弟、诺瓦利斯、蒂克、瓦肯罗德（Wilhelm Heinrich Wackenroder, 1773 – 1798）等都从时间和空间上跨越过去，在不同的兴趣方向做了深入的研究。

为了能够更好地理解久远的或外国的文化，他们很早就开始努力学习外语，有的甚至从中学就开始学习好几门外语，包括拉丁语、希腊语、英语、法语、意大利语和西班牙语。掌握了外语这门工具，也

---

① ［德］汉斯·昆/瓦尔特·延斯：《诗与宗教》，李永平译，北京：生活·读书·新知三联书店，2005 年，第 167 页。

② ［德］汉斯·昆/瓦尔特·延斯：《诗与宗教》，李永平译，北京：生活·读书·新知三联书店，2005 年，第 168 页。

就打开了通往古希腊、罗马文化等文学宝库的大门，他们借此可以系统地研究、学习古希腊、罗马的文学，研究并翻译薄伽丘、莎士比亚、塞万提斯等伟大作家的作品。早期的浪漫主义文学代表人物深感自己所背负的历史使命，就像掌握外语一样，国外的优秀文学作品和创作方法、进步的新思想等，都是通过翻译得来。外语是金钥匙，翻译则是打开宝库大门之后的必经之路。

蒂克、瓦肯罗德和奥·威·施勒格尔对文学和艺术情有独钟。他们在介绍和传播欧洲传统文学方面做了大量的工作，孜孜不倦地翻译介绍欧洲其他国家著名作家的经典之作。早期浪漫主义文学时期的文学翻译活动影响深远，其作用直到20世纪中期依然备受重视。莎士比亚的德译本以及蒂克翻译的《堂·吉诃德》真正把其他民族的伟大文学作品纳入到了德国民族自己的精神财富中。而早期浪漫主义文学的另外两名代表弗·施勒格尔和诺瓦利斯在接受了康德的思想之后，把兴趣从文学转向了哲学，继而开始研究费希特、莱布尼茨、斯宾诺莎等人的理论，从而为浪漫主义文学的理论形成奠定了基础。

第二节　德国早期浪漫派的世界文学观产生的社会背景

一、文学市场与读书革命

德国早期浪漫主义文学时期的“世界文学”观之所以能够成为一个特殊的文学、文化现象，与当时德国的社会背景和经济发展状况有着密切的关系，其渊源甚至可以追溯到18世纪中期的启蒙运动之初。自启蒙运动以来，德国就已经逐渐形成了一个文学市场，作家也逐渐成为一个专门的、正式的自由职业；与之相呼应的是，社会上兴起了一场空前的读书革命，新兴的市民阶层积极投身到这场读书革命中，所有这一切都为德国早期浪漫主义文学的理论形成奠定了基础。

严格地讲，如果没有始于1750年的一系列的文学演变过程以及社会的变革，那么也就无从产生早期浪漫主义的文学理论。这种变化是两方面的：首先在文学上，逐步形成了一些新的文学概念以及新的认识；从社会发展方面，随着不断加快的市民化进程，涌现出很多新的社会领域和行业，特别是在文化领域，市民化进程反映得尤为突出。

自启蒙运动以来，德国为了抵制法国的文化霸权，努力建构德国自己的语言以及文学体系。曾经一味模仿法国文学形式和内容的文学作品不再受到青睐。读者渴望读到经典的文学作品，这其中首先是经典的文学译作。

18世纪末到19世纪初，德国的文学市场出现了一个发展高潮，市民阶层由于受到启蒙运动的思想熏陶，情感类型和思维模式发生了转变，文化意识开始觉醒，随之兴起了盛况空前的"读书革命"。弗·施勒格尔在《〈雅典娜神殿〉断片集》第216条断片中称，当时的三大划时代的历史事件从政治、哲学和艺术方面催生了这场"读书革命"：法国大革命、费希特的《知识学》、歌德的《威廉·迈斯特》[①]。以德国市民阶层为主而掀起的这场"读书革命"标志着市民阶层的意识觉醒，推动了德国文学的发展以及文学市场的最终形成。要知道，与当时的德国相比，法国和英国的市民阶层已经发展成为居统治地位的资产阶级，在政治和经济上已经远远走在了前面。法国资产阶级经过历史上最大的一次革命已经跃居统治地位，并且征服了整个欧洲大陆；而政治上已经获得解放的英国资产阶级则实现了工业革命

① 见弗·施勒格尔：《浪漫派风格——施勒格尔批评文集》，李伯杰译，华夏出版社，2005年，第78页。

并在政治上控制了印度,在商业上控制了世界各地[①]。如果单纯从政治和经济发展的角度来看,也许这种社会现实情况可以用来解释为什么有些文学评论家认为浪漫主义文学的真正辉煌不在其发源地德国,而且德国浪漫主义文学的艺术成就远不及同时期的法国和英国的浪漫主义文学了。

二、市民阶层的崛起

与德国其他时期的文学相比,18 世纪的德国文学与当时社会的发展及历史的变迁有着最为紧密的联系。从文学与社会发展之间的关系来看,18 世纪的德国社会史实际上就是一部文学史[②]。当时,德国的艺术、文学和音乐都具有一个相同的特征,那就是市民化特色。旧有的等级秩序被打破,教士及贵族阶层不再独享接受教育的特权。在世俗化的冲击下,人们的观念也发生了巨大的变化。新兴的市民阶级不仅发展成为一支经济上的新生力量,而且在他们中间还形成了一个新的市民阶级知识分子阶层。整个社会结构也出现了一次大的转型:从以前的贵族阶层洛可可时期发展成为新兴市民阶层的浪漫主义时期[③]。

崛起的市民阶层逐渐上升为社会的主要力量,他们的经济实力也日益强大。最为主要的是:随着经济地位的上升,市民阶层也显示出越来越大的阅读兴趣。特别是 1760 年以后,德国一下子出现了大量的市民阶层读书社团。上至市民阶层的精英分子,下至普通的手工业者,都被卷入了这场历史性的读书大潮中。他们无论从事何种职业,不分高低贵贱,都无一例外地表现出市民阶层特有的阅读方

---

① 马克思/恩格斯:《德意志意识形态》,人民出版社,2003 年,第 110 页。

② Pütz, Peter: Die deutsche Aufklärung. Darmstadt 1979, S. 154.

③ Hauser, Arnold: Sozialgeschichte der Kunst und Literatur. München 1978, S. 555.

式。有教养的阶层力求提高自己的人格力量，力求借此摆脱陈旧的社会秩序。曾几何时，教士和贵族阶层独享阅读的特权[①]，他们主要是以一种深入式的阅读方法，集中在少量的必读书目上，包括《圣经》等宗教类的修身书籍等，而且是反复阅读背诵。现在，市民阶层则表现出更加广泛的阅读兴趣，他们不再满足于重复阅读同一书目，而是广泛涉猎不同的题材范围，通过阅读获取新的知识。在这场空前的读书革命中，作为主要读者群的市民阶层所涉猎的阅读题材明显不同于先前的教士和贵族阶层，因此，宗教类的修身书籍不再是广大读者的必读书目，取而代之的则是更加世俗化的大众阅读题材。

市民阶层阅读书籍不是为了冥想修身，而是作为一种社交方式，就所阅读的内容进行思想交流，在碰撞中产生火花。大家通过阅读获取新知识，在交流中形成不同的文化圈子。因此，在18世纪末期的德国，随着社会的市民化进程，文学具有越来越重要的社交功能，借此而形成了不同的社交和文化圈。市民阶层掀起的读书革命不仅促进了文化的发展，同时也在整个思想领域引起了翻天覆地的变化。广大市民读者对新知识的渴求使得书籍这一文化与思想的载体被赋予了空前重要的意义。

在这种历史形势下，文学阅读和文学创作已经不再是贵族阶层或僧侣教士的特权[②]。市民阶层成为主要的书籍消费者，他们对阅读的广泛兴趣直接催生了书籍作为商品的市场化发展。有资料统计显示，德国在18世纪初，每年新出版的书籍不到一千本；到了1750年左右，每年出版新书也不过一千三百本；但是仅1800年这一年，德国

① Dann, Otto (Hrsg.): Lesegesellschaften und bürgerliche Emanzipation. Ein europäischer Vergleich. München 1981, S. 9f.

② Grimminger, Rolf (Hrsg.): Deutsche Aufklärung bis zur Französischen Revolution. München 1980, S. 141.

新问世的书籍就已经达到了四千余本。[①] 虽然社会上有教养的读者阶层还是少数，但是他们在民众中所占的比例却在迅速递增。市民阶层的阅读兴趣以及随之而形成的社交文化圈都促使图书市场上的书籍发生了量的巨大变化以及质的飞跃。曾几何时，书籍主要是教士的修身读本或学者文人的典藏，如今市场上的书籍不再仅限于神学书籍，也不再只面对特权阶层。相反，大众读物和通俗文学作品，尤其是小说，成为了大众读者喜爱的普通读物。

三、文学翻译活动的繁荣发展

在市民阶层崛起的同时，德国兴起了一片繁荣的文学翻译景象，不管译自哪个国家、哪种语言，也无论是现代的，还是古代的，只要是好的作品，都会被翻译成德语。可以说，是新兴市民阶层的阅读需求推动了早期浪漫主义文学时期文学翻译活动的繁荣发展。

奥·威·施勒格尔盛赞当时的文学翻译活动，称文学翻译者是国家与国家之间的友好使节，是促成民族与民族之间彼此了解与尊重的重要桥梁[②]。奥·威·施勒格尔的这段话不由得让人很自然地想起歌德在1827年提出的“世界文学”的说法。歌德对于翻译活动同样也非常重视，他认为：“应当这样来看待翻译家，他是作为这一普遍精神贸易的中介人而尽心尽力的，他把促进交换当做他的事业。尽管人们可以说，翻译有这样那样的不足之处，但现在以及将来它都是普遍的世界交往中最重要的和最有价值的工作。”[③]

---

① Baumgärtner, Alfred Clemens (Hrsg.): Lesen - ein Handbuch. Hamburg 1974, S. 122.

Barber, Gilles / Fabian, Bernhard (Hrsg.): Buch und Buchhandel in Europa im achtzehnten Jahrhundert. Hamburg 1981, S. 271 - 291.

② Schlegel, August Wilhelm: Sämtliche Werke. Hrsg. von Eduard Böcking. Bd. 11, S. 46.

③ 歌德：《论文学艺术》，范大灿等译，上海人民出版社，2004年，第367页。

如果说歌德所提倡的、终将要来临的世界文学和德国的民族文学分别是一个发展过程的终点和起点，那么，德国早期浪漫主义文学正好处在这个发展过程的中间阶段，也就是说，德国早期浪漫主义文学是处于民族文学和世界文学之间的一个文学现象。早期浪漫主义者所倡导的欧洲主义（Europäismus）和世界主义（Kosmopolitismus）正是源于他们所强调的民族主义。对此，奥·威·施勒格尔做了如下说明："普遍性、世界主义是真正的德国特色。"①而诺瓦利斯也强调说："所谓德国特色就是世界主义与鲜明个性的有力结合。"②

由此可见，德国早期浪漫主义者真正关心的是建立"德国的世界文学"，让德国也拥有世界著名的文学作品。对此，许森曾做过如下论述："德语语言属于屈折语，而且19世纪的历史比较语言学认为：原始印欧语（也称为原始日耳曼语）即为所有印欧语言共同的原始语言。因此，印欧语系中所有语言的基本特点都在德语语言中得到体现。通过文学翻译（把其他语言的文学作品翻译成德语），可以进一步说明德语语言的普遍性；通过文学翻译，可以把欧洲其他国家不同时期的文学作品都纳入到一个大的历史统一体中。这样一来，任何一个人，只要他懂得德语语言，就可以阅读德语的世界文学作品，从而了解全部的欧洲文学了。任何一个外国人，只需掌握德语这一门语言，而不用学习任何其他外语，就能够从德语的世界文学翻译作品中了解全部欧洲的作品。"③这也正是德国早期浪漫主义文学时期的"世界文学"观所努力追求的远大目标——把文学翻译作品纳入文学的总范畴，让读者可以看到不同民族的经典之作；通过学习与借鉴创

① 参见 Zybura, Marek: Ludwig Tieck als Übersetzer und Herausgeber. Heidelberg 1994, S. 20.

② 同上。

③ Huyssen, Andreas: Die frühromantische Konzeption von Übersetzung und Aneignung. Zürich 1969, S. 152.

作出德国自己的民族文学作品，并最终也成为世界文学的一部分。

歌德也在很长一段时间内抱有这种看法：1825年1月10日，歌德在接待来访的英国青年时提到："……不仅我们德国文学本身值得学习，而且不可否认，如果把德文学好，许多其他国家的语文就用不着学了。我说的不是法文，法文是一种社交语言，特别是在旅游中少不了它。每个人都懂法文。无论到哪一国去，只要懂得法文，它就可以代替一个很好的译员。至于希腊文、拉丁文、意大利文和西班牙文，这些国家的优秀作品你都可以读到很好的德文译本。除非你有某种特殊需要，你用不着花时间和精力去学习这几种语文。德国人生性就恰如其分地重视一切外国东西，并且能适应外国的特点。这一点连同德文所具有的很大的灵活性，使得德文译文对原文都很忠实而且完整。不可否认，靠一种很好的译文一般可以学到很多的东西。"[①]按照歌德的观点，德国读者可以从译自其他国家优秀文学作品的德译本中，了解到每个民族的不同特点，进而同每个民族进行友好的来往与交流。"达到真正普遍宽容的最可靠的途径是，承认每个人和每个民族的特点有存在的权利，但同时又坚信，真正值得赞扬的东西之所以不同凡响，乃是因为它属于全人类。"[②]歌德在1827年1月31日将这一论断进一步扩展，从更广泛的跨民族、跨文化、跨时空的角度宣布了"世界文学"时代的终将来临。

与歌德所理解的"世界文学"相比，早期浪漫派对"世界文学"的理解更具体、更丰富。能够真正算得上是世界文学的优秀作品，当推那些人类发展史上最高层次的经典文学成果。对这些作品进行翻译介绍，让德国读者能够更好地理解和学习，并最终有助于促进德国民族文学自身的发展。而歌德则更多的是从世界主义的角度出发，按

---

① 爱克曼(辑录)：《歌德谈话录》，人民文学出版社，2003年，第50页。

② 歌德：《论文学艺术》，范大灿等译，上海人民出版社，2004年，第367页。

照他的理解，“世界文学”指的是各民族文学以及促成各个民族之间进行交流和理解的文学作品；通过这些作品，各民族之间可以获取其他民族的优秀精神食粮，并以此增进相互间的理解与宽容，成为真正意义上的世界公民。

第三节　德国早期浪漫派的世界文学观与诠释学

一、浪漫主义诠释学

德国的早期浪漫派代表人物几乎个个都是文学家兼文学翻译家，甚至文学理论家。他们无论是从理论上还是从实践上，都兼顾文学创作和文学翻译以及相关评述活动。德国早期浪漫主义文学时期的“世界文学”观注重对外国文学作品的翻译以及对德国中古传统文学的重新编译，使得当时的德国在18世纪末、19世纪初出现了一次空前的翻译高潮。早期浪漫主义文学时期的译者们主要是受到同时期的浪漫主义诠释学[①]的影响，他们在对待那些待译的文本时，所采取的翻译方法完全不同于启蒙运动时期的纯语文学翻译方法，而是把作品看做一个统一的整体，力求再现作品整体的精神。

诠释学的基本思想最初源于古希腊，亚里士多德曾在《工具论》中的“解释篇”里把诠释学的基本思想总结为三个主要的观点：[②]

(1)言语和文字是心灵过程的符号和外在表现；

(2)作为符号和外在表现的言语和文字所指称的是心灵过程；

① Hermeneutik，亦称阐释学或解释学。

② 洪汉鼎：《诠释学——它的历史与当代发展》，人民出版社，2001年，第32页。

(3)不同的言语和文字所指称的心灵过程对于一切人都是一样的。

对于亚里士多德的这三个观点可以作如下具体的理解：首先，语词的意义承载着作者的心灵过程，而这个心灵过程可以用不同的语言和文字表现出来，这也就确立了不同种类的语言和文字具有翻译或相互转换的可能性。

诠释学经过中世纪的神学诠释学和法学诠释学的发展，其基本理论思想的真正奠基人则是德国浪漫主义时期的施莱尔马赫(Freidrich Daniel Ernst Schleiermacher, 1768－1834)。不过，在浪漫主义早期，诠释学思想首先得归功于普遍诠释学的两位先驱人物阿斯特(Georg Anton Friedrich Ast, 1776－1841)和沃尔夫(Friedrich August Wolf, 1759－1824)的前期努力。浪漫主义诠释学从阿斯特、沃尔夫、弗·施莱格尔开始，最后过渡并集中在施莱尔马赫的身上。

施莱尔马赫在西方文论的历史上被称为“现代诠释学之父”①。他提出的关于误解的普遍性、严格的诠释学实践、读者能够比作者更好地理解其作品、诠释学的辩证法等重要思想，都是浪漫主义诠释学对文本进行正确理解和避免误解的普遍诠释学(Universalhermeneutik)基本理论。施莱尔马赫的基本出发点是，“陌生性的经验和误解的可能性乃是一种普遍的现象。”②因此，他认为，凡是在没有出现直接理解的地方，也就是说，必须考虑到有误解可能性的地方，就都会产生诠释学的要求。

阿斯特和沃尔夫两人都是德国18、19世纪著名的语文学家，以其广义的语文学方法论奠定了语文学诠释学的基础。在18世纪之

① 章安祺等：《西方文艺理论史——从柏拉图到尼采》，中国人民大学出版社，2007年，第325页。

② 伽达默尔：《诠释学Ⅰ：真理与方法》，洪汉鼎译，商务印书馆，2007年，第248页。

前，诠释学还没有形成专门的关于语文学的诠释方法，更多的是对圣经文献或法律条文等有确定意义的固定文本的独断诠释学。18世纪以来，随着近代科学和启蒙运动而出现的理性主义的发展，世俗著作相对于圣经得到了普通读者更广泛的关注。人们不再满足于对那些经过特别选择的古典的、权威的或神圣著作的诠释，曾经被看做是传达神圣真理使命的神学类修身读物不再被反复诵读；与此相反的是，世俗文本在普通读者中得以广为传阅，被看做是作者的思想、生活和历史的总体表现。因此，浪漫主义诠释学的任务就不再是使读者接近上帝的或神圣的真理，而是发展成为一种有助于读者避免误解文本或正确理解历史事件的解释方法。为了适应这一发展，以前的独断诠释学也相应发展成为更加广泛的普遍诠释学。普遍诠释学作为一门关于理解和解释的普遍科学，最终由施莱尔马赫发展完成。

施莱尔马赫于1796年到柏林，开始与浪漫主义文学的主要代表人物接触。他与施勒格尔兄弟的关系颇为密切，并曾参与《雅典娜神殿》的创办活动。施莱尔马赫试图扩大现有语文学诠释学的研究领域，努力构造一种适用于一切文本解释的普遍诠释学，包容所有流传下来的文本和精神作品，并使之成为一种普遍的文学解释工具。把这种诠释学方法应用在文学翻译方面，就意味着不再是简单的模仿和仿效，而是对作品整体精神的把握和作者心灵过程的再现。在施莱尔马赫看来，对作品的解释就是首先要像作者一样好地理解文本，然后甚至要比作者更好地理解文本。任何一个翻译者在试图翻译一部作品时，首先得理解作品，理解作品中所表现出来的整体精神。翻译的前提就是理解和诠释，译者作为诠释者“必须首先是个诗人，只有诗人才能体察具有诗意形式力量的原初物。这就必须使孩童般无先入之见的智慧与科学的严肃性结合在一起”①。

---

① 伽达默尔：《哲学生涯》，陈春文译，商务印书馆，2003年，第86页。

德国早期浪漫主义文学代表人物之一的诺瓦利斯曾经提出翻译有三种不同的形式："翻译既可以是神话式的翻译，也可以是严格意义上的语法翻译，甚至还可以是稍稍有所改变的意译……从这三个层次上来看，我们不仅可以用这几种方法翻译文学作品，甚至可以翻译世界上所有的一切。"[①]对比诺瓦利斯的翻译观以及语文学家阿斯特的语文学诠释学的三种理解方式，不难发现两者有着明显的共通之处。作为浪漫主义普遍诠释学的先驱，语文学家阿斯特把其语文学诠释学对古代文本的理解一共分为三种不同的方式，即：历史的理解、语法的理解和精神的理解。历史的理解指对作品的内容的理解，也就是揭示什么内容构成作品的精神；语法的理解指对作品的形式和语言的理解，也就是揭示作品的精神所表现的具体特殊形式，其中包括训诂、语法分析和考证等；精神的理解指对个别作者和古代整个精神（生命）的理解。如果说历史的理解是内容的理解，语法的理解是形式的理解，那么精神的理解则是两者的统一，它是对作品所反映的时代和文化的精神的揭示[②]。而诺瓦利斯在早期浪漫主义文学时期提出的翻译观正是和语文学诠释学的这三种理解方式有着异曲同工之妙。在诺瓦利斯的三种翻译方法中，神话式的翻译方法对应于语文学诠释学中对历史的理解；语法式的翻译方法是对作品的形式和语言进行严格意义上的语法理解；第三种翻译方式，也就是稍稍有所改变的意译，则是对作品从形式到内容的整体精神的理解。最后这一种翻译方法对早期浪漫主义文学时期的文学译介活动尤为影响重大。译者在翻译过程中都尽量追求再现原作从形式到内容上的整体精神，比如奥·威·施勒格尔对莎士比亚作品的翻译以及蒂克对塞万提斯的《堂·吉诃德》的翻译都堪称早期浪漫主义文学时期文学翻译的经典例证。

---

① 详见本书引言部分的相关内容。

② 洪汉鼎：《诠释学——它的历史与当代发展》，人民出版社，2001年，第65页。

阿斯特的语文学诠释学设想不仅与早期浪漫主义文学时期的文学翻译方法同出一辙，而且对施莱尔马赫普遍诠释学的系统提出奠定了方法论的基础。最为重要的是，阿斯特在语文学诠释学里对文本意义的多样性提出了独创性的看法。他认为，作者的精神和作品的精神不是同一的；文本意义的多样性不在于文本，而在于解释者，因为文本不是脱离解释者的被动的材料，而只能通过理智的直观被理解，理智直观将指导任何对文本的理解。所以，解释者的精神就是他在文本中唤起多种意义的储藏者①。阿斯特的这一论断为早期浪漫主义文学时期的文学翻译和文学批评提出了多样解读的可能性，并且肯定了文学翻译者和文学评论者的主体性作用。

浪漫主义诠释学的另一位先驱人物沃尔夫也是德国著名的语文学家，以"古典科学"研究而闻名。蒂克早年在哈勒上大学期间曾经听过沃尔夫关于语文学百科知识的讲座课，奠定了他的古典知识基础。沃尔夫在其成名作《论荷马问题》(Prolegomena ad Homerum, 1795)中，从全新的语文学诠释学角度出发，不再把荷马的诗看做为一个单独作者的个体作品，而是视为一种精神的产品、一个民族的整体精神的产品。对于沃尔夫来说，过去就如一部百科全书，"我们必须不断地对之加以探究，不仅从我们现代认识的高度，而且要带有明显的教育目的"②。沃尔夫主张把古代知识也看做一种系统的科学，要通过对古代知识的了解来认识那些尚存有著作的民族。沃尔夫的这些观点不仅直接影响了早期浪漫主义文学时期的文学翻译和编译活动，甚至对德国19世纪历史学派的诠释学思想的形成也影响深远。

---

① Szondi, Peter: Einführung in die literarische Hermeneutik. Frankfurt/M. 1985, S. 157f.

② 洪汉鼎:《诠释学——它的历史与当代发展》,人民出版社,2001年,第61页。

二、早期浪漫主义文学的翻译原则

在早期浪漫主义文学时期，施勒格尔兄弟就提出了立足于语文学诠释学的翻译原则和文学批评，认为翻译就是理解，翻译者本身就得是诗人。译者对作品的理解，首先要做到像原作者一样对文本进行尽可能正确的理解，然后甚至要比原作者本人更好地理解作品的整体精神[1]。弗·施勒格尔作为文学批评家甚至提出用一种历史批评的理解方式对历史世界进行更好的再理解。根据这种理解方式，弗·施勒格尔在其《希腊诗歌研究》[2]（Über das Studium der griechischen Poesie，1795）以及《论歌德的迈斯特》[3]（Über Goethes Meister，1798）等评论文章中发展出了一系列重要的文学批评概念，包括作品的内在形式、著作家的思想发展史以及自成章节的文学整体等。《希腊诗歌研究》是弗·施勒格尔对古代知识研究所做的一个经典总结，而《论歌德的迈斯特》则是他采用语文学诠释学方法对当时的德国文学进行评论的一大力作。弗·施勒格尔关于迈斯特的这篇评论本身也成了德国文学理论批评的经典[4]。施莱尔马赫在柏林与施勒格尔兄弟交往期间，与其说是施莱尔马赫的普遍诠释学思想影响了弗·施勒格尔的文学批评科学，不如说弗·施勒格尔的文学批评方法促成了施莱尔马赫在广义的语文学诠释艺术方面的全面发

---

① Eichner, Hans (Hrsg.): Literarische Notizen 1791 - 1801. Frankfurt / M. 1980, Nr. 983, S. 111.

② Michel, Willy: Ästhetische Hermeneutik und frühromantische Kritik. Göttingen 1982, S. 84 -97.

③ 同上，S. 261 -290.

④ 歌德:《威廉·迈斯特的学习时代》，杨武能译，译林出版社，2002 年，代译序第 2 页。

展[1]。但是,有一点可以肯定,在施莱尔马赫的参与和影响下,施勒格尔兄弟在早期浪漫主义文学时期提出了他们最响亮的命题之一:浪漫诗“永远只在变化生成,永远不会完结,这正是浪漫诗的真正本质。浪漫诗不会为任何一种理论所穷尽,只有预言式的批评才敢于刻画浪漫诗的理想。只有浪漫诗才是无限的,一如只有浪漫诗才是自由的,才承认诗人的随心所欲容不得任何限制自己的法则一样。浪漫诗体裁是唯一大于体裁的文学样式,可以说就是诗本身:因为在某种意义上,一切诗都是,或都应是浪漫的。”自此,早期浪漫主义的代表作家们开始了他们特有的实验性质的文学创作和翻译活动,一方面通过文学翻译和评述,另一方面通过各种形式、各种体裁的文学创作实验,将早期浪漫派的文学理念和基本思想付诸实践。[2]。

关于文本的解读和理解方法,弗·施勒格尔创新式地提出了相当于诠释学循环[3](hermeneutischer Zirkel)的理论见解,也就是说在解释活动中把文本整体看做与部分相关或把部分看做与整体相关。诠释者首先从单个的词语开始理解,继而从词语到句子、从句子到整体文本,然后再从整体文本返回到句子、从句子又到单个的词语,如此循环往复,以期更接近文本的可能意图。弗·施勒格尔还具体区分了作者的个体意图和文本的可能意图,也就是作者想要表达的意

---

① Schnur, Harald: Schleiermachers Hermeneutik und ihre Vorgeschichte im 18. Jahrhundert. Stuttgart 1994. S.156.

② 施勒格尔:《浪漫派风格——施勒格尔批评文集》,李伯杰译,华夏出版社,2005年,第71页。

③ 具体详见黄颂杰等(编撰):《现代西方哲学辞典》中的“解释学循环”词条,上海辞书出版社,2007年,第422页。在对文本进行解释时,理解者根据文本细节来理解其整体,又根据文本的整体来理解其细节。理解者对文本的理解始终处于一个不断循环的过程之中。这一概念正式由施莱尔马赫提出。他认为理解的循环运动沿着文本来回移动,在文本被完满理解时才消失。狄尔泰后来发展了这一概念,认为解释学的循环包括相互依赖的三种关系:单个词与文本整体的循环;作品本身与作者心理状态的循环;作品与它所属的种类和类型的循环。他还把这种循环扩展到解释活动中理解与经验的关系之上。

图以及解释者从文本中所解读出的意图。解释者在理解过程中难免会借助于传统中因袭的偏见来理解传统，而且必定会以有限的、部分的方式去理解无限和整体。因此，解释中的循环论证是不可避免的，而且还有积极的意义。因为有限和无限之间的循环论证更接近于历史的实际状况。解释者永远处在历史中、处在有限中、处在部分中，他们是以部分与整体、有限与无限的相互交往或循环论证为出发点。正是因为弗·施勒格尔在文本诠释方法上注重对文本的循环理解，当代文学理论家韦勒克甚至把他也看做是浪漫主义诠释学的奠基人之一①。

在弗·施勒格尔关于诠释学的翻译原则的影响下，早期浪漫主义文学时期的文学翻译出现了一个空前的高潮。译者们不仅热衷于翻译那些未曾译过的文学作品，也致力于重新翻译那些曾经被误读或误译的作品；他们不仅追求译本在内容上的完整性，而且也注重翻译作品在形式上的诗律美。译者们在翻译外国文学作品或编译古代德语文学作品时，主要任务就在于把那些用陌生的或不可理解的表达形式翻译成可理解的语言。因此，翻译总以完全理解陌生的语言为前提，特别是要理解陌生语言所表达的本来含义。译者不仅要理解作为部分的单个词汇或句子，还要把握作为整体的作品，必须能够把他人意指的东西重新用语言表达出来。

早期浪漫主义文学时期的文学翻译注重再现作品的整体精神，讲求译本的诗韵传神。此前曾经用散文体翻译成德语的外国诗体文学作品，在早期浪漫主义翻译者的笔下都重新以诗体形式再现作品的原貌。这其中首先值得一提的就是奥·威·施勒格尔与蒂克合力翻译完成的莎士比亚作品德译本，都为诗体形式。另外，蒂克的

---

① Michel, Willy: Ästhetische Hermeneutik und frühromantische Kritik. Göttingen 1982, S. 20.

《堂·吉诃德》德译本中也有很多优美的诗体段落。诗体翻译比散文体翻译更注重文字、意义以及精神的统一,对译者的语言知识水平要求更高。译者不仅要对个别的语词和内容正确把握,还要从整体上统一作品的语言风格和精神。奥·威·施勒格尔的莎氏作品诗体翻译是一例,蒂克从西班牙语原文翻译成德语的《堂·吉诃德》在这方面也堪称经典。

蒂克本人后来在译介莎士比亚的作品时,通过长达几十年的潜心研究,专门著文评述他对莎士比亚作品的理解。在《关于莎士比亚的通信》中,蒂克甚至不无自豪地宣称:"我相信,没有哪个人读莎士比亚比我读得多、读得细、读得精……我不仅读了莎士比亚本人创作的作品,还读了关于莎士比亚创作研究的大多数评述文章。因此,我敢毫不夸张地说,甚至连英国人都不如我对莎士比亚研究得透彻。"①诺瓦利斯曾对当时莎士比亚的德译者奥·威·施勒格尔的诗体翻译表示赞赏,认为通过奥·威·施勒格尔的翻译,德国人现在要比英国人自己更懂得莎士比亚。

在早期浪漫主义者看来,对外国文学作品的译介过程本身就是他们所提倡的"整体诗学"的一个重要组成部分或目的之一。按照弗·施勒格尔的观点,翻译也属于文学的一部分,没有了文学翻译,"整体诗学"就不能成其为整体。早期浪漫主义者甚至认为,在诠释学的翻译原则指导下,任何一个有较高教养的德国人,只要他能够理解某部外国文学作品的整体精神,就完全能够对这部作品进行整体解读、翻译和评述。有了诠释学的循环解读和翻译方法作指导,他们对作品的理解,甚至不比原作者本人差。无怪乎,海涅后来曾断言

---

① Zybura, Marek: Ludwig Tieck als Übersetzer und Herausgeber. Heidelberg 1994, S. 207.

道:德国人要比英国人更善于领悟莎士比亚[1]。这其中,浪漫主义诠释学所发挥的作用绝对不可忽视。

根据施勒格尔兄弟提出的诠释学翻译原则,早期浪漫主义文学时期对外国优秀文学作品的翻译以及对德国中古文学作品的编译都是一种重新解释的过程。不管是以前未曾解读过的或者是曾经被误读的作品,早期浪漫主义文学时期的译者都从更大的时间或空间距离给予了再次解读,以期把更完整的作品通过更正确的、更易于被读者接受的方式介绍给德国普通大众,让他们进一步了解其他民族的文化功绩,更深入地认识到德意志民族自身的文化传统。

第四节 德国早期浪漫派的世界文学观产生的市场背景

如上文所述,市民化进程是18世纪下半叶德国的主要社会特点。新兴市民阶层逐渐上升为社会的主要力量,而且他们也显示出越来越大的阅读兴趣和求知欲望,并逐渐以阅读书籍作为会友交流的方式。当时的市民阶层之所以能够以文学阅读作为一种社交方式,还有两个很重要的原因:一个是图书贸易的商业化和市场化操作,另一个就是作家发展成为专门的自由职业[2],甚至出现了职业的出版商和书评人。

直到18世纪中期以前,书籍还不是可以买卖的商品。也就是说,在此之前,书籍只是一种可以交换的物品。当时德国也有专门的

---

① 海涅:《莎士比亚的少女和妇人》,绿原译,上海文艺出版社,2007年,第25页。

② Kiesel, Helmut / Münch, Paul: Gesellschaft und Literatur im 18. Jahrhundert. Voraussetzungen und Entstehung des literarischen Marktes in Deutschland. München 1977, S. 21.

书展，但是在书展上，人们只是就自己感兴趣的书籍互相交换阅读，并不存在着真正意义上的买卖交易。

自18世纪下半叶之后，书籍逐渐成为一种可以自由买卖的商品，像其他商品一样进入供需流通系统，读者直接拿钱就可以买到自己心仪的书籍。另外，随着普通市民阶层的阅读需求越来越大，社会上甚至出现了可供借阅的图书馆或读书社团，市民读者以较低的费用就可以租借到相关的书籍。

在书籍正式成为商品之前，作家们主要是靠宫廷俸禄或以受俸神职为生，他们创作的作品并不能给他们带来任何直接的经济收入，而且作家们所得到的俸禄数额也与作品本身的价值无关①。自从有了图书贸易之后，文学作品也成为一种商品，其价值完全取决于受读者欢迎的程度和商品的市场销路。图书贸易的商业化使人们完全改变了传统的看法，文学阅读成为一种大众行为，文学及作家的功能也随之发生了转变，转而面向更大的读者群和图书市场。在这种市场背景下，社会分工越来越细，职业作家和出版商应运而生。作家创作的文学作品成为一种消费品被商业化，而出版商为了赚到更多的钱，竭力约稿，快速打造作家的作品出版问世。

与当今社会一样，一部作品面世以后，读者反响如何、市场销路如何，文学评论对此影响重大。因此，文学期刊业的兴起和发展也成为18世纪末的一个特有现象，甚至出现了职业的期刊发行人和书评人。当时的主要大众媒体就是文学期刊和书籍，每当有新书问世或即将问世，书评人就会在期刊上发表相关评论进行宣传，读者也可以通过这些媒体获得书评信息或新书介绍等，已经相当于自成体系的市场化宣传和操作。

既然书籍已经成为可以拿钱买到的商品，甚至连艺术天才们悉

① Hauser, Arnold: Sozialgeschichte der Kunst und Literatur. München 1978, S. 566.

心创作出来的艺术结晶也变得待价而沽，很多读者争相购买畅销书籍，一时间购买图书成为当时社会的一种时尚消费方式。然而，这种时尚消费行为也带来了一个极其恶劣的后果：有一些作家或出版商专门精通此道，一味迎合消费者口味，以最快的速度成批生产书籍这种特殊的商品。当时，甚至有相当一部分作家创作作品简直就是驾轻就熟，就像制作手工艺品一样，不费吹灰之力就能迅速打造出成批雷同的产品，为出版商和书商提供工厂式的劳动服务。这些批量生产出来的商品书籍并没有什么真正的内涵可言，但是鉴于当时的文学消费两极分化，所谓的通俗文学作品销路都很不错。值得庆幸的是，在这样的商业化大潮中，仍然有一些作家坚持真正的艺术创作，继续坚守在文学作品两极分化的另一端，辛勤笔耕，可惜，却被那些精通市场行情的同人们斥为不开窍、不识时务。在铺天盖地的市场化进程中，形形色色的作家们对待文学创作的态度不尽相同，有人借写作辛苦挣得每天的劳务报酬，有人靠东拼西凑攒出一部部新作，也有人把写作当成熟练工种批量生产文学作品，不过，也有人依然坚持把文学创作当做一门严肃的艺术，以自己的艺术美德创造传世杰作①。

关于18世纪德国作家成为职业作家的特殊社会环境以及他们所处的实际生活状况，歌德曾在《文学上的无短裤主义》一文中有过专门的论述：德国的作家出生在四面八方，所受的教育五花八门，大多数人都沉溺于自己以及由各不相同的情况所造成的印象之中；他们入迷地偏爱本国或者外来文学中这个或者那个范例；为了在没有指导的情况下检验自己的力量，他们不得不做各种各样的尝试，甚至不得不做一些敷衍塞责的事；只是经过仔细思考才慢慢地确信自己

① Fragment von A. W. Schlegel. In: Puntsch, Eberhard (Hrsg.): Zitaten – Handbuch. Bd. I. Landsberg am Lech 1986, S. 962.

该做什么，只是通过实践慢慢地才知道自己能做些什么；一再被大批毫无审美趣味的读者引入歧途，这些读者在吸收好的东西之后，又以同样的兴致吞食坏的东西；然后又由于结识了有教养的读者而精神振奋，但是这些读者分散在这个帝国的各个地方；受到与他们一起工作、一同奋斗的同伴们的鼓舞①。正是由于自由的职业作家与读者成为书籍商业化进程中相互依存的供需双方，两者之间通过创作与阅读相互影响、相互反馈，使得作家这个自由职业在此过程中真正发展成为一个经济上独立的职业，作家不再依靠宫廷俸禄赖以谋生，而是积极进行各种各样的文学实验，好让自己训练有素的文学才智能够早日面世。

总的说来，因为读书成为一种社会时尚，就连此前略显低下的普通市民阶层也在阅读过程中学到了相当丰富的知识，弥补了人们在百科知识、日常实用知识以及时尚知识等方面的空白。试想一下，搁在以前，类似这些知识一般人根本无从获得，那都是有教养的上层阶级独享的特权，而且还得费尽周折在那些珍贵、厚重的大开本典藏辞书中去查阅、寻找，普通市民阶级根本无法企及。

随着书籍成为可以买卖的商品，文学作品的市场也应运而生。大家通过文学阅读而展开积极的思想交流，因此，德国在 18 世纪下半叶的社会文化交往也随之达到了前所未有的热闹场面。

与以前面对面的直接交流不同，生产书籍产品的作家与购买书籍商品的读者逐渐分离成处于两个终端的群体。读者在消费、阅读书籍的时候，并没有和作家进行面对面的交流。过去，作家在创作作品的时候，作家本人很清楚地知道他要面对什么样的读者群，所以他的作品是专为这些确定的读者们而创作的；为了更直接地同这些确定的读者展开交流，作家在自己的作品中都要亲笔题词，并附上与读

① 歌德：《论文学艺术》，范大灿等译，上海人民出版社，2004 年，第 13 页。

者谈心式的前言。可惜,这种交流形式在18世纪后半叶的商业化大潮中消失殆尽。为了追求最大化的商业效果,作家们根本就顾不上与读者进行内心交流,有的作家甚至直接匿名或署笔名出版,不再舍得花费时间亲笔题词或写前言了。所以说,在市民化的进程中,文学创作的商业化大大改变了作家和读者之间的关系。

为了拥有市场、取得更大的经济效益,很多作家在创作时放弃了传统的艺术规律和美学原则,而完全以读者的欣赏趣味为准。作家们通过自己创作的书籍商品而获得了经济上的独立,社会地位也日渐巩固。这样一来,作家也就逐渐摆脱了对上层阶级的依附关系,特别是不再受供俸阶层的思想而左右。所以,他们现在可以完全不考虑供俸阶层的观点,完全无所顾忌地根据自己的喜好来创作出有市场销路的作品。

维兰德曾经如此形容德国18世纪末期的文学创作状况:在当今社会,作家写作可以完全不受约束,从市场利益的角度来看,他们希望自己创作的作品可以面向所有的人,甚至是面向更遥远的、后辈的读者群,而实际上谁也不是确定的读者,谁也都可以成为读者①。印刷书籍的流通与买卖,使作家得以拥有更加广泛的、形形色色的读者群。书籍的内容也是包罗万象、无所不及。没有人能够确切地知道,谁是真正的读者,甚至大家经常不知道,谁又是真正的作者。② 在当时的图书贸易市场上,匿名化主宰一切,作者逸名,读者也未知。

当时的作家在进行文学创作时,虽然脑子里计划的都是为了读者而写作,但是读者又是谁呢?需要指出的是:市民阶层的读者群已

---

① Haferkorn, Hans J.: Zur Entstehung der bürgerlich - literarischen Intelligenz und des Schriftstellers in Deutschland zwischen 1750 und 1800. S. 164. In: Lutz, Bernd (Hrsg.): Deutsches Bürgertum und literarische Intelligenz 1750 - 1800. Stuttgart 1974, S. 113 - 275.

② Naumann, Manfred (Hrsg.): Gesellschaft. Literatur. Lesen. Literaturrezeption in theoretischer Sicht. Berlin - Weimar 1976, S. 218.

经完全不同于先前的读者群，市民读者不仅阅读兴趣不同，而且欣赏水平也不一样。因此，未知的读者群是作家创作时必须要预见到的一个重要因素。蒂克在翻译塞万提斯的《堂·吉诃德》时面临的就是这种情况。他的《堂·吉诃德》德译本是一个非常典型的例证。在翻译《堂·吉诃德》的过程中，蒂克就以德国大众读者为预想的读者群，从作品内容和语言形式上以大众读者的接受为准。从中我们可以看出，在书籍商品化的市场条件下，读者将会从很大程度上影响一本书的销路和受欢迎的程度。有关蒂克的《堂·吉诃德》德译本，详见本书第四章的论述。

作家不再依靠宫廷俸禄或神职薪俸而生活，也就免去了对供俸者应当承担的义务。所以，他们在创作时，集研究家和作家于一身，面向新的有教养的市民阶层。同样，艺术作品的市场化也使每个人都可以积极参与到文化交流与探讨中。特别是市民阶层中的艺术作品消费者，他们可以公开就所阅读的书籍发表自己的意见，并且互相交流思想。大家共同参与的文学阅读活动从一定程度上也推动了德国社会的启蒙进程①。市民阶层通过阅读进行社会交往，最终为市民阶层参与到政治、经济生活中而奠定了基础。

18 世纪出版业的发展促进了书籍的流通和广为传阅。因为有了书商、出版商和职业作家、职业书评人的出现，文学阅读活动才得以被推广。读者们可以通过购买或借阅的方式读到自己喜欢的书籍。变革中的社会虽然掀起了一场读书革命，但并不是所有人都可以得到自己想要看的书籍。浪漫主义作家让·保尔（Jean Paul, 1763－1825）曾经深表同情地在他的小说《玛丽娅·武茨》（Maria Wuz, 1790）中描写了一位小学校长手抄巨著的趣事：小学校长武茨因为经济拮据却又喜好读书，不得不手抄康德的《纯粹理性批判》以

---

① Habermas, Jürgen: Strukturwandel der Öffentlichkeit. Neuwied－Berlin 1965, S. 63.

及歌德的《少年维特的烦恼》等鸿篇巨作。由此可见，在当时的社会条件下，虽然书籍已经成为自由流通的商品，但也并不是什么人都能买得起的。不过，让·保尔笔下的武茨校长为了读到自己心仪的书籍竟然采取手抄大部头书籍的形式，从中足见德国读者当时对阅读书籍的喜好程度确实非同一般。

第三章　奥·威·施勒格尔的世界文学观

奥·威·施勒格尔(1767 – 1845)是弗·施勒格尔的哥哥,兄弟俩同为德国早期浪漫主义文学的发起人和组织者。奥·威·施勒格尔出生于汉诺威的教师家庭,自幼显示出语言和诗律方面的才华,他在上高中的一次校庆时就能把德国文学史用六音步[①]的诗歌朗诵出来。奥·威·施勒格尔在著名的哥廷根大学学习过神学和语文学,毕业后,应席勒之邀,担任《季节女神》[②]杂志的编辑,定居于耶拿。1801年,奥·威·施勒格尔结识了被法国驱逐出来的斯太尔夫人,陪同她游历欧洲达13年之久。自1819年起,奥·威·施勒格尔任波恩大学教授,曾是德国著名诗人海涅在波恩大学学习时的老师。

作为德国早期浪漫主义文学的重要代表人物之一,奥·威·施勒格尔既是文学理论家,又是优秀的翻译家,同时还是著名的艺术批评家。他的成就主要在文学批评和翻译方面:在《关于文学和艺术的讲稿》(1801 – 1804,又称《柏林讲座》)和《论戏剧艺术》(1809 – 1810,又称《维也纳讲座》)中,他系统地阐述了早期浪漫派的世界观和美学观,对于浪漫派基本思想的传播做出了独特的贡献。他曾与其弟弗·施勒格尔共同创办杂志《雅典娜神殿》,使德国的浪漫主义

---

① 六音步(Hexameter)诗行由六个韵律音步组成韵文,每行都各有六个抑扬格。

② 《季节女神》(Die Horen)又译作《时序》或《四季女神》,是席勒于1795 – 1797年主编的文艺杂志,每月出版一期。《季节女神》是德国魏玛古典文学时期文艺思想的集中体现,在德国思想史上发挥了重要的影响。

文学终于有了一块属于自己的阵地，为早期浪漫主义文学纲领的形成奠定了理论基础。同时，奥·威·施勒格尔精通多门外语，文学译作成果累累。他翻译了莎士比亚三十多部戏剧中的十七部作品（详见本书附录一），还翻译了西班牙戏剧家卡尔德隆和意大利诗人但丁、彼特拉克以及阿利奥斯托、塔索等优秀作家的经典著作。奥·威·施勒格尔是德国用诗体翻译莎士比亚戏剧作品的第一人，他的译作至今仍然为人称道，其中莎氏作品的部分德译本章节一直以来都是德国中小学生的必读课程。

在18世纪末期，奥·威·施勒格尔最初的身份是一名职业的期刊撰稿人和文学评论者，后来他又逐渐把他的弟弟弗·施勒格尔从纯语文学研究中吸引过来，继他之后也站到了面向公众的著作家地位上。当时，德国的作家们还找不到可以在其舞台上充分发挥作用的大城市作为文化中心，一切都瓦解成小圈子。而在以耶拿为中心的小圈子中，奥·威·施勒格尔成为早期浪漫主义者的结合点。1796年，他经席勒介绍成为当时有名的《文学汇报》（Allgemeine Literatur - Zeitung）的撰稿人。在短短的三年时间内，奥·威·施勒格尔为《文学汇报》写了近三百篇评论文章，不仅涉及歌德、席勒的作品，还评述了早期浪漫主义文学时期瓦肯罗德和蒂克的新作，使得这份期刊一举成为当时享有权威的艺术评论刊物。但是，由于奥·威·施勒格尔的大多数评论文章都是宣传弗·施勒格尔和蒂克等浪漫主义者的作品，其文学批评理念逐渐不被《文学汇报》所容。1799年，奥·威·施勒格尔正式声明离开《文学汇报》，以他为首的浪漫主义学派也都不再给《文学汇报》投稿。

为了给浪漫主义者开辟一片属于自己的文学领地，奥·威·施勒格尔遂协助其弟弗·施勒格尔创办杂志《雅典娜神殿》，与诺瓦利斯、施莱尔马赫、蒂克等人一起，以断片的形式向读者介绍浪漫主义文学崭新的诗论观念,大力提倡整体诗、协作诗等。《雅典娜神殿》从1798年5月创刊,至1800年8月,共出版了六期,后来合为三个年鉴。《〈雅典娜神殿〉断片集》中一共有451条断片,虽然绝大部分都出自弗·施勒格尔之手,但其中也有85条断片是奥·威·施勒格尔的作品。奥·威·施勒格尔通过这些断片主要表达了他对文学翻译以及文学批评的看法。

第一节 奥·威·施勒格尔的文学翻译创作活动

一、奥·威·施勒格尔对翻译的看法

奥·威·施勒格尔非常看重翻译的作用,而翻译总是跟外语这门工具紧密地联系在一起。因此,他认为:掌握一门外语就如同拥有一把金钥匙,用这把金钥匙可以开启通往外国精神财富宝库的大门。[①] 当然,他同时也指出:并非所有的人都能够如愿掌握外语这把金钥匙;为了弥补这一缺憾,不懂外语的人可以通过大量阅读外国文学作品的德译本,从中吸收外国的精神食粮、关注异民族的功绩。因此,奥·威·施勒格尔认为自己毕生有如下双重任务:一是用德语表现外国民族的杰作,二是向同胞批判地解说外国和本国最优秀的文艺作品。[②] 这双重任务正是德国早期浪漫主义文学时期"世界文学"观所体现的主要任务,也就是翻译介绍和借鉴评述。

奥·威·施勒格尔对"世界文学"的看法,更多的是指文学翻译

① Schlegel, A. W.: Kritische Schriften und Briefe, Bd. 3: Geschichte der klassischen Literatur. Hrsg. von Edgar Lohner. Stuttgart 1964, S. 16.

② 勃兰兑斯:《德国的浪漫派》,刘半九译,人民文学出版社,1997年,第58页。

以及比较文学研究[①]。虽与歌德的世界主义观点不同,其实也有异曲同工之妙——只要是好的作品,就有值得学习和借鉴之处,并且学习先于创作,先从好的作品中汲取营养、获得经验,然后再进行文学创作。

早在歌德提出“世界文学”这个概念二十多年之前,奥·威·施勒格尔于 1802 年在《柏林讲座》(Vorlesungen über schöne Literatur und Kunst, 1801 – 1804)中也曾有过类似的说法。当时,他提出“世界文学”的具体含义“不仅是指那些民族的、某个时期受欢迎的作品,更包括那些普遍的、总也不会过时的优秀作品”。[②] 在奥·威·施勒格尔看来,世界文学并不是各个国家或民族的文学总和,也不是所谓的国别文学的简单罗列,而是从各个民族文学的优秀作品中精心挑选出来的、符合高标准审美要求的经典之作。从这些作品中,我们可以清晰明确地看出各个民族的生活中所赋予的最重要的世界观,同时这些作品还是人类历史上各个发展时期、不同时代的历史记录,从中我们总能够有新的发现和认识,并且百看不厌。据此,奥·威·施勒格尔前瞻性地赋予了世界文学以现代的意义。

早期浪漫派极其重视文学作品的翻译和介绍,认为文学翻译有助于促进各民族之间的相互理解与交流,其最终目的就是介绍新的人文思想,借鉴好的艺术作品。奥·威·施勒格尔在他的《柏林讲座》里曾经盛赞译者的使命和任务:译者就是各民族之间友好交往的使者,是促进各民族相互理解与尊重的重要桥梁[③]。文学作品的翻译

---

① Paulini, Hilde Marianne: August Wilhelm Schlegel und die Vergleichende Literaturwissenschaft. Frankfurt /M.: Lang, 1985. S. 27.

② Schlegel, A. W.: Kritische Schriften und Briefe. Bd. 4: Berliner Vorlesungen. Hrsg. von Edgar Lohner. Stuttgart 1964, S. 14.

③ Schlegel, A. W.: Sämtliche Werke. Hrsg. von Eduard Böcking. Hildesheim 1971. Bd. 11, S. 46.

能够推广各民族文学中的经典之作，使大家借此互相了解、互相学习，并起到普遍教育的作用。

奥·威·施勒格尔继承了赫尔德的翻译观，不主张翻译时一味地讲求形式的完美。译者的主要任务是，本着历史责任感，尽可能深入地介绍外国文学作品中最具民族特色的经典。当时也有很多人并不看重译者的作用，认为译者并不具备足够的能力自己进行创作或创造。针对这种观点，奥·威·施勒格尔强调，好的翻译作品就是一种新的创造，其文学价值并不亚于真正意义上的文学创作。也正因为如此，在早期浪漫主义文学时期，弗·施勒格尔首先把翻译作品也归入文学的共同疆界之内。在早期浪漫派眼里，翻译作品同样也是文学，文学作品的翻译无异于文学创作本身。

奥·威·施勒格尔身为翻译家，不仅自己从事大量的文学译介活动，还专门著述表达自己对翻译的看法，并立下了从事研究、解说和按诗的方式进行翻译的决心。事实证明，他在评论和翻译、模仿与理解、感受和判断等方面展示出来的才能，确实无人能与之比肩。在文学译介的过程中，奥·威·施勒格尔努力追求探寻一切初始的源头，力争把最原初的作品以新的方法进行再现和评述。为了保证其文学译介的科学性，奥·威·施勒格尔对所翻译的作品都写有专门的评论，并且按时间顺序、作者的生平介绍以及作品产生的地域特点等附上详细的译介说明。他的这种文学译介方式直接影响了后世在文学译介方面的操作方法，最常见的形式就是译者序，以导读的形式帮助读者更好地理解文学作品的意图及其整体精神。

关于文学翻译，奥·威·施勒格尔多次强调，要想从事文学翻译，真正从世界文学的角度介绍其他民族的优秀文学作品，译者不仅要精通外语，克服语言障碍，还得有渊博的知识和较高的语言运用技巧。只有这样，才能够在翻译时做到忠实再现原作的整体精神和诗韵形式。作为翻译者,“对于外文原著的最微妙的特色,既要有女性的感受力,同时还要有根据整体印象进行再创造的男性的能力,这是翻译者完全必须做到的”①。经他翻译的莎士比亚戏剧诗体译本,首先在语言形式上富有诗意韵律,同时还适合舞台演出,比散文形式的译本更具舞台效果。

在弗·施勒格尔关于诠释学的翻译原则的影响下,早期浪漫主义文学时期的文学翻译注重再现作品的整体精神,讲求译本的诗韵传神。译者不仅要理解作为部分的单个词汇或句子,还要把握作为整体的作品,必须能够把他人意指的东西重新用语言表达出来。在从事文学翻译的过程中,奥·威·施勒格尔受到了诠释学的影响,认为翻译就是理解,翻译者本身就得是诗人。译者对作品的理解,首先要做到像原作者一样对文本进行尽可能正确的理解,然后甚至要比原作者本人更好地理解作品的整体精神。译者作为诠释者“必须首先是个诗人,只有诗人才能体察具有诗意形式力量的原初物。这就必须使孩童般无先入之见的智慧与科学的严肃性结合在一起”②。

奥·威·施勒格尔认为,在翻译一部文学作品之前,译者自己应该首先努力去挖掘作品的深层含义,深入作者的内心世界,展示作者的本意,尽可能更好地去理解作品,甚至比作者自己理解得更好。不过,他又强调,在对文学作品的解读过程中,每一次阅读和理解的结果都会不同,都将更进一步接近作品想表达的本意。因此,他不仅自己从事文学作品的翻译介绍,还对早期浪漫主义文学时期的文学翻译活动进行评述。作为莎士比亚戏剧作品的研究专家和译者,奥·威·施勒格尔曾经指出,莎士比亚作品中的人物虽然说不尽、道不完,每位读者的解读都不一样,但是歌德在《威廉·迈斯特》中对哈姆

---

① 勃兰兑斯:《德国的浪漫派》,刘半九译,人民文学出版社,1997年,第57页。
② 伽达默尔:《哲学生涯》,陈春文译,商务印书馆,2003年,第86页。

雷特的理解和诠释[1]是一直以来较为正确的一种理解方式。[2] 弗·施勒格尔受此影响,专门写成《论歌德的迈斯特》的评论,对歌德的这部作品给予了高度的评价,堪称德语文学评论的经典。

在奥·威·施勒格尔翻译莎士比亚的作品之前,德国曾经有散文体的莎剧德译本,并且多有删节。而奥·威·施勒格尔则强调翻译时要保持作品的完整性,尽量忠实于原文,再现原作的形式美和整体精神。翻译或再现作品时要尽量保持作品的完整性,对此,歌德笔下的威廉也大声疾呼:“这是树干、枝柯、树叶、蓓蕾、花朵和果实。不是一个与另一个紧密相连,一个产生出另一个吗?”[3]在早期浪漫主义文学时期,奥·威·施勒格尔对外国文学作品的翻译和评述,始终都坚持“有机整体性”[4]这一原则,不主张译者随意对原作进行删减,以免丢失了作品的原貌。

二、奥·威·施勒格尔对莎士比亚的译介

奥·威·施勒格尔毕生所致力于的双重任务是用德语表现外国民族的杰作以及向同胞批判性地解说外国和本国最优秀的文艺作

---

① 歌德在书中借主人公威廉之口对莎士比亚笔下的哈姆雷特所作的著名解释,以此说明对一部作品的理解不能只从一个角色出发,而应该联系整个剧本进行观察。歌德当时的解读方式不仅深受施勒格尔兄弟等浪漫主义者的钦佩,而且还影响了众多的后辈读者。歌德所理解的哈姆雷特是“一个英俊、纯洁、高贵和极为善良的人儿,缺少成为英雄的坚毅品格,在一种既扛不起,又丢不掉的重荷压迫下,走向了沦亡;每个义务对他来说都是神圣的,但这一个却过分沉重。对他的要求是不可能达到的,不是要求本身不可能,是对于他不可能。”(见歌德:《威廉·迈斯特的学习时代》,杨武能译,译林出版社,2002 年,第四集第十三章,第 208 页。)

② Beisler, Hermann: Die Unergründlichkeit des Werks und die Unendlichkeit der Interpretation. S. 228. In: Schröder, Jan (Hrsg.): Theorie der Interpretation. Vom Humanismus bis zur Romantik. Stuttgart: Steiner, 2001. S. 217 – 248.

③ 歌德:《威廉·迈斯特的学习时代》,杨武能译,译林出版社,2002 年,第 249 页。

④ Schlegel, A. W.: Kritische Schriften und Briefe. Bd. 4: Berliner Vorlesungen. Hrsg. von Edgar Lohner. Stuttgart 1964, S. 15.

品，也就是翻译与评述。奥·威·施勒格尔强调，浪漫主义诗学在欧洲所有国家都能找到其源泉，从冰岛一直到欧洲最南端的国家，特别是意大利和西班牙，浪漫主义诗学早就体现在但丁、彼特拉克和薄伽丘的作品中了。① 因此，他从各方面进行试验，翻译了荷马史诗的断简残篇、希腊的哀歌和抒情诗等作品，还翻译了几乎所有罗马诗人以及西班牙、葡萄牙诗人的作品，后来还翻译了印度的诗篇，“想把德语变成一座能够容纳万国语言珍品的众神殿”②。

奥·威·施勒格尔坚持不懈地致力于重新挖掘那些曾经被遗忘的，或被误读的文学作品，以期真正充实世界文学的内涵。为了实现德国早期浪漫主义文学的“世界文学”理想，奥·威·施勒格尔一直都没有中断过文学翻译和评述活动。他不仅致力于欧洲范围内的各民族文学译介和评述活动，在浪漫主义文学后期他还对东方文学产生了浓厚的兴趣。他在波恩大学执教期间，开始了对梵文的专门研究，并因此而成为德国在印度语言和文化研究领域的开拓者。奥·威·施勒格尔在这个领域所做的译介工作，最终体现了早期浪漫主义文学时期真正意义上的“世界文学”观。

在奥·威·施勒格尔的众多文学翻译活动中，最具影响力的是他对莎士比亚(William Shakespeare, 1564－1616)的翻译。曾有研究者把施勒格尔的莎士比亚作品的翻译看做是自路德翻译《圣经》以来最伟大的德语译作③。

奥·威·施勒格尔早期的文学翻译活动主要体现在对莎士比亚戏剧作品的翻译。如前所述，早期浪漫派对英国文学，尤其是莎士比

---

① Schlegel, A. W.: Kritische Schriften und Briefe. Bd. 4: Berliner Vorlesungen. Hrsg. von Edgar Lohner. Stuttgart 1964, S. 210.

② 勃兰兑斯：《德国的浪漫派》，刘半九译，人民文学出版社，1997 年，第 59 页。

③ 见：Gebhardt, Peter: A. W. Schlegels Shakespeare－Übersetzung. Darmstadt 1970. S. 15.

亚作品的关注由来已久。莎士比亚的戏剧作品有一个共同点，那就是试图在社会矛盾制约和人性变异中对人的本质作出解答。虽然社会生活的变化会使人的神圣感情变为卑劣，人自身的弱点会使人恶的欲望极度膨胀。但是，莎士比亚恰恰在这种复杂性中，看到了人的本质中亘古不变的东西，这就是人具有追求自由理想的特性，并能将这种特性化为富于诗意的个人能力①。

早期浪漫主义文学时期的莎士比亚译介活动深受维兰德和赫尔德等人的影响；除此之外，歌德、席勒等人对莎士比亚的研究也进一步促进了早期浪漫主义文学时期的莎氏作品译介。反过来，早期浪漫主义文学时期对英国文学的大量译介活动也促进了德国文学自身的发展，甚至直接体现在德国作家的文学创作中。歌德在论及英国文学对德国文学所产生的影响时，不无谦虚地认为："我们德国文学大部分就是从英国文学来的！我们从哪里得到了我们的小说和悲剧，还不是从哥尔德斯密斯、菲尔丁和莎士比亚那些英国作家得来的？"②关于英国文学对德国文学的影响，歌德还有一个绝妙的比喻："莎士比亚给我们的是银盘装着金橘。我们通过学习，拿到了他的银盘，但是我们只能拿土豆来装进盘里"③。早期浪漫派同样也持这种观点：对于经典的外国文学作品，从一种很好的译文中确实可以学到很好的东西。

如前所述，莎士比亚在德国的译介有着很悠久的传统。根据海涅的看法，德国人要比英国人更善于领悟莎士比亚，这位伟大的不列颠人不仅是诗人，还是历史学家④。海涅把莎士比亚比作"精神上的太阳，这个太阳以最亮丽的光彩，以大慈大悲的光辉普照着那片国土。那里的一切都使我们记起莎士比亚，最平凡的事物在我们看来，

---

① 李明滨(主编)：《世界文学简史》，北京大学出版社，2002 年，第 61 页。

② 爱克曼(辑录)：《歌德谈话录》，人民文学出版社，2003 年，第 47 页。

③ 同上，第 91 页。

④ 海涅：《莎士比亚的少女和妇人》，绿原译，上海文艺出版社，2007 年，第 15 页。

也因此显得容光焕发”①。

纵览德国的文学史，不难发现，在18世纪30年代，德国的文学界一直唯法国文学是尊，德国的普通读者对莎士比亚知之甚少，学界对莎士比亚的了解也多为转手的法国舶来品。莎士比亚在德国真正为人所知，始于18世纪中期。1741年，曾任普鲁士驻英国伦敦的公使伯尔克先生（Caspar Wilhelm von Borche，1704－1747）首次直接从英语完整翻译了莎士比亚的戏剧作品《裘力斯·凯撒》②，自此掀开了莎士比亚作品在德国传播的第一页。

而最先在德国高声拥护和宣传莎士比亚的人当推莱辛（Gotthold Epharaim Lessing，1729－1781）。作为启蒙运动时期德国文学的杰出代表，莱辛具有伟大的首倡精神。他在《汉堡剧评》（Hamburgische Dramaturgie，1767－1769）、《第十七封文学通信》③等文中盛赞莎士比亚，借此来反对启蒙运动初期以戈特舍德为代表的亲法派。莱辛期望通过宣扬莎士比亚的文学创作思想，给德国的民族文学带来新鲜的空气，意欲借此抵制盲目崇拜和模仿法国文学的创作风气，并实现自己的雄心壮志：为德意志人创建一座同外国不相上下的剧院。确实，德国的文学通过莱辛获得了一种新的、强有力的戏剧艺术。

莱辛之后，到了18世纪70年代，维兰德用散文体翻译了莎士比亚的22部戏剧作品，语言优雅、细腻。维兰德深受伏尔泰、卢梭等法国思想家的影响，写过教育小说《阿伽通的故事》（Geschichte des Agathen，1767）、长篇小说《金镜》（Der goldene Spiegel，1772）等。他

---

① 同上，第11页。

② 英语原文为 Julius Caesar，德译本写为 Julius Cäsar。见：Shakespeare，William：Sämtliche Werke. Ins Deutsche übertragen von A. W. Schlegel，Dorothea und Ludwig Tieck usw.. Magnus 2004，S. 933－963.

③ Der 17. Literaturbrief vom 16. 02. 1759 von Briefen，die neueste Literatur betreffend. In：Lessing，G. E.：Werke in fünf Bänden. Hrsg. von Karl Basler und Heinz Stolpe. Berlin－Weimar 1975. Bd. 3，S. 83.

翻译的莎士比亚作品，紧紧抓住了不列颠的严肃，从而更有效地促成了莎士比亚在德国的身价。后来，维兰德与艾兴布尔格[①]合作，用散文体翻译出版了十二卷本的《莎士比亚全集》，第一次把莎士比亚的主要作品呈现给了德国读者，为日后赫尔德、歌德、席勒等人以及早期浪漫派了解和翻译莎士比亚提供了丰富的第一手资料。

在狂飙突进运动时期，赫尔德首先以无限的热情继续拥护莎士比亚。早在青年时代，赫尔德就阅读了莎士比亚和卢梭的作品。这两位作家都对赫尔德产生了深刻的影响，之后，这一影响又从赫尔德扩大到了青年歌德身上。1773 年，赫尔德专门写成《莎士比亚》[②]一文，从社会历史角度比较了古希腊悲剧和莎士比亚戏剧所产生的不同历史条件，提倡打破旧格律和旧形式的束缚以适应自由地表达思想的需要，就形式和内容的统一问题进行了大胆的探讨——莎士比亚一方面广泛借鉴古代戏剧、英国中世纪戏剧以及欧洲新兴的文化艺术，继承古希腊罗马、中世纪英国和文艺复兴时期欧洲戏剧的三大传统并加以发展，并且不受传统的三一律束缚，突破悲、喜剧界限，从内容到形式上进行了创造性革新；另一方面他深刻观察人生，了解社会，掌握时代的脉搏，描绘广阔的、五光十色的社会生活图景，并使之悲喜交融、富于诗意和想象、寓统一于矛盾变化之中，富有人生哲理和批判精神，努力反映生活的本来面目，深入探索人物内心奥秘，塑造出的人物性格复杂多样、形象真实生动。

在赫尔德的巨大影响之下，歌德也以响亮的号角向莎士比亚表示敬意，对莎士比亚十分崇拜。同样是在 1773 年，继赫尔德的《莎士比亚》一文发表之后，歌德创作并正式发表了五幕剧《铁手骑士葛

---

① Johann Joachim Eschenburg（1743 – 1820）是十八世纪中期德国的莎士比亚德译者，曾与维兰德合作，用散文体翻译莎剧。

② 此文的中译本见刘小枫选编《德语诗学文选》上卷，华东师范大学出版社，2006 年，第 86 – 114 页。

兹·封·贝利欣根》(Götz von Berlichiagen mit der eisernen Hard)。在这部剧中,歌德有意模仿莎士比亚,处处违反“三整一律”,让剧中的地点、情节等经常变换,从艺术表现手法上进行了大胆的尝试。

歌德在1824年谈到英国文学时曾盛赞莎士比亚的伟大:“每个重要的有才能的剧作家都不能不注意到莎士比亚,都不能不研究他。一研究他,就会认识到莎士比亚已把全部人性的各种倾向,无论在高度上还是在深度上,都描写得竭尽无余了,后来的人就无事可做了。只要心悦诚服地认识到已经有一个深不可测、高不可攀的优异作家在那里,谁还有勇气提笔呢!”[①]歌德对莎士比亚作品的研究甚至还体现在他的文学创作上。在《威廉·迈斯特的学习时代》中,歌德对莎士比亚的《哈姆雷特》多次作了引述,借主人公威廉之口表达了自己对哈姆雷特的新的解释方式,并表示要努力把莎士比亚作为德国文化中的重要因素来理解。

所以,能够把这位伟大的英格兰作家真实地介绍到德国,也是早期浪漫派的历史使命——通过翻译介绍来达到学习和借鉴的目的,学习莎士比亚的文学创作特点并最终付诸实践。上文中歌德的自谦,从一定程度上也说明了德国当时的文学界在对莎士比亚的译介活动中已经逐步认识到了莎氏创作的特点——莎士比亚的文学创作主要源于他所生活的时代和世界经验之中,他的精神和全部力量朝着他周围的世界和生活中所发生的事情伸展;莎士比亚借助全部感官和力量去容纳、享受和塑造各类生活和各阶级的性格[②]。莎士比亚的戏剧如同生活本身的一面镜子,不仅反映了时代和民族的特点,真实生动地展示了社会现实,而且莎士比亚的戏剧人物都具有时代的性格特征。

早期浪漫派认识到,德国自己的戏剧要想具有较大的思想深度,

① 爱克曼(辑录):《歌德谈话录》,朱光潜译,安徽教育出版社,2006年,第16页。
② 狄尔泰:《体验与诗》,胡其鼎译,三联书店,2003年,第179页。

就必须借鉴莎氏的创作特点，同莎士比亚剧作的生动性和丰富性进行完美的融合。这个理想大概需要几辈人的努力，也许只有在将来才会实现，却正是早期浪漫派无限追求和奋斗的目标。早期浪漫派首先从莎士比亚作品的译介入手，系统地翻译莎士比亚的主要戏剧作品。在从事翻译实践的同时，译者们又撰文对莎士比亚的创作特点进行研究和评述，以期德国读者能够更好地接受和理解莎士比亚的作品。除了译介和评述活动之外，译者们又集翻译评述和创作于一身，把对莎士比亚的借鉴体现在自己的文学创作以及文学批评实践中。

在浪漫主义文学早期，奥·威·施勒格尔尝试用诗体翻译莎士比亚的戏剧作品，“使得伟大威廉的千秋江山在德国方得永固，那位文学上的皇帝已经稳登他的宝座了”[①]。奥·威·施勒格尔逐行完整翻译了莎士比亚作品中的诗体韵文，这在德国也算首创。此前德国还没有人用诗体翻译过莎氏的作品，只有散文体形式的德译本。奥·威·施勒格尔的翻译力求接近原作，海涅也称奥·威·施勒格尔对莎士比亚作品的翻译无疑至今仍是最成功的，符合对一部韵体译品所能提出的要求[②]。奥·威·施勒格尔在浪漫主义文学早期对莎士比亚的研究介绍，尤其是对莎士比亚戏剧集的翻译，精确传神，堪称范本。时至今日，他那些优美的译文仍然是莎士比亚作品在德国的标准译本，难以被后人超越。很多剧院在上演莎剧时还经常采用施勒格尔的诗体译本。

歌德也曾以奥·威·施勒格尔所翻译的莎士比亚作品为例，指出德国读者从他的翻译形式中受益良多，并说明其诗体翻译以一种“德国化”的手法、用德国读者喜闻乐见的形式，让德国人从中熟悉了解外国人的态度和思维方式，达到了用外国的语言、文学来丰富德国文

① 海涅：《莎士比亚的少女和妇人》，绿原译，上海文艺出版社，2007年，第26页。
② 同上，第27页。

化的目的[①]。施勒格尔的莎士比亚作品德译本为当时的德国读者提供了最宝贵的精神营养，并且对德国文学自身的发展产生了深远的影响。

奥·威·施勒格尔翻译的《莎士比亚戏剧集》于1797年至1810年间分九卷出版[②]。他的译作忠实于原著，再现了莎氏诗剧的特点。当时，正是因为奥·威·施勒格尔翻译的莎士比亚作品备受读者欢迎，整个德国顿时兴起了一股莎士比亚热。剧院也频繁上演莎士比亚的戏剧作品，而且译作皆出自奥·威·施勒格尔的手笔，观众反响强烈。弗·施勒格尔对此也倍加称赞，"经过奥·威·施勒格尔妙笔的翻译，莎士比亚已经成了德国人自己的作家，由此产生的良性结果必将愈来愈为人所见"[③]。同为莎剧合译者的蒂克对奥·威·施勒格尔在德译本中所展现出来的语言天赋赞不绝口，尤其认为施勒格尔译文中的优美韵律最适合剧院里的舞台演出，极大地丰富了舞台演出效果。奥·威·施勒格尔所翻译的莎士比亚作品，一度被当时的文学评论界认为可以与歌德、席勒合作时期所写的作品相媲美。虽然艺术品有模仿和创作之分，但是，奥·威·施勒格尔的莎士比亚作品德译本圆满再现了莎士比亚作品中形式和内容的和谐性，从文学翻译的再创造角度来看，简直无懈可击。

奥·威·施勒格尔最初正式接触到莎士比亚的戏剧作品，是在哥廷根大学求学期间。当时，哥廷根大学的英语语言文学研究在全德国堪称一流。奥·威·施勒格尔在哥廷根大学学习神学和语文学，师从当时著名的语文学家、诗人布尔格（Gottfried August Bürger,

---

① 见刘宓庆：《翻译与语言哲学》，中国对外翻译出版公司，2001年，第31页。

② 1797年的卷一（《仲夏夜之梦》、《罗密欧与朱丽叶》），卷二（《裘力斯·凯撒》、《第十二夜》）；1798年的卷三（《暴风雨》、《哈姆雷特》）；1799年的卷四（《威尼斯商人》、《皆大欢喜》），卷五（《约翰王》、《理查二世》）；1800年卷六（《亨利四世》第一、二部）；1801年卷七（《亨利五世》），卷八（《亨利六世》第一、二、三部）；1810年卷九（《理查三世》）。

③ 弗·施勒格尔：《论文学》，李伯杰译，载于：张玉书主编：《德语文学与文学批评》第一卷，人民文学出版社，2007年，第28－47页。此处见第38页。

1747－1794)，潜心研究英语语言文学，并尝试将英语文学作品翻译成德语。布尔格后来成为奥·威·施勒格尔的良师益友。奥·威·施勒格尔从他的老师身上学到了语言运用和韵律技巧上的诀窍，懂得了如何通过用字遣词、运用节奏和格律来达到最佳的艺术效果。由于受到老师的影响，奥·威·施勒格尔对但丁、莎士比亚作品中的诗韵格律作了专门的研究，为日后用诗体翻译莎士比亚的戏剧作品铺垫了厚实的诗律基础。1789年，青年施勒格尔用德语韵文形式翻译了莎士比亚《仲夏夜之梦》中的英语韵文。译作韵律优美、结构整齐，深得老师的赞赏。

《仲夏夜之梦》是莎士比亚的四大喜剧之一，创作于1594－1595年间，主要讲述了由"魔汁"引起的冲突及冲突被解决、有情人终成眷属的故事。剧中有两个男青年拉山德(Lysander)、狄米特律斯(Demetrius)同时爱上了女青年赫米娅(Hermia)，而赫米娅恋着拉山德，她的好友海伦娜(Helena)又恋着狄米特律斯。赫米娅为了反对父亲包办婚姻和情人私奔，来到约定好的森林里。这个森林里本来住着仙王、仙后和侍奉他们的小仙、精灵，于是一场离奇而愉快的"梦"围绕着精灵们的"魔汁"恶作剧展开，一波三折而又诙谐幽默。仲夏葱郁的森林里，柔美浪漫的月光下，仙子在花丛中轻舞。赫米娅和拉山德、海伦娜与狄米特律斯，因为不如意的婚恋双双来到这儿。他们几经波折，最后在仙王的帮助下，有情人终成眷属。

《仲夏夜之梦》语言轻松诙谐，加之莎士比亚天才般的用词遣句，韵律齐整连贯，使得整剧充满了快乐意味的戏剧性特色。正因为如此，奥·威·施勒格尔对该剧的翻译从韵律和传神上都忠实再现了原剧的效果，尽显语文和韵律的功力。下面仅举两例以作具体说明。

在该剧第一幕第一场，当赫米娅与拉山德约定第二天晚间在森林中见面并私奔时，原著中赫米娅有一段韵文表白：

Hermia:

My good Lysander!

I swear to thee, by Cupid's strongest bow,

By his best arrow with the golden head,

By the simplicity of Venus' doves,

By that which knitteth souls, and prospers loves,

And by that fire which burn'd the Carthage Queen,

When the false Troyan under sail was seen,

By all the vows that ever men have broke,

In number more than ever women spoke,

In that same place thou hast appointed me,

Tomorrow truly will I meet with thee. ①

奥·威·施勒格尔对这段韵文的翻译严格忠实了原著的韵律,韵脚齐整,显示出了译者高超的语文水平和文字驾驭能力:②

Hermia:

Mein Lysander!

Ich schwör es dir bei Amors stärkstem Bogen,

Bei seinem besten, goldgespitzten Pfeil

Und bei der Unschuld von Cytherens Tauben;

---

① Shakespeare, William: The Complete Works of William Shakespeare. 上海:上海世界图书出版公司,2010 年,p195 - 221, A Midsummer Night's Dream. p197.

② 在施勒格尔之前,莎剧的德译本仅有散文体形式,不讲求诗律。中国著名的莎著译者朱生豪先生对于这段对白也未采取韵文的翻译方式,而是直接采用散文体、排比句:"我的好拉山德!凭着丘匹德的最强的弓,凭着他的金簇的箭,凭着维纳斯的鸽子的纯洁,凭着那结合灵魂、祜佑爱情的神力,凭着古代迦太基女王焚身的烈火,当她看见她那负心的特洛伊人扬帆而去的时候,凭着一切男子所毁弃的约誓——那数目是远超过女子所说过的,我向你发誓,明天一定会到你所指定的地方和你相会。"见:莎士比亚:《仲夏夜之梦》,广州:广东世界图书出版公司,2009 年,第 19 页。

Bei dem, was Seelen knüpft in Lieb und Glauben;
Bei jenem Feur, das Dido einst verbrannt',
Als der Trojaner falsch sich ihr entwandt,
Bei jedem Schwur, denn Männer je gebrochen,
Mehr an der Zahl, als Frauen je gesprochen;
Du findest sicher morgen mitternacht
Mich an dem Platz, wo wir es ausgemacht![①]

赫米娅的这段表白虽有韵脚,但还不是绝对意义上的韵文,经过奥·威·施勒格尔的妙笔翻译,读起来朗朗上口,富有节奏感,非常适合戏剧舞台演出。

在莎士比亚的戏剧作品中,散文体之外经常有大段的韵文台词,韵律极其考究。奥·威·施勒格尔在翻译时依然保持了原作的神韵,忠实传达了原文的意趣。在《仲夏夜之梦》第二幕第一场,赫米娅和拉山德约定将要在雅典附近的森林里见面,森林里的小仙子开场上台时有一段优美的韵文台词,韵律轻快简洁,听起来犹如仙境中的绝妙歌唱:

Fairy:

Over hill, over dale,
Thorough bush, thorough brier,
Over park, over pale,
Thorough flood, thorough fire,
I do wander everywhere,
Swifter than the Moon's sphere;
And I serve the Fairy Queen,

① Shakespeare, William: Sämtliche Werke. Ins Deutsche übertragen von A. W. Schlegel, Dorothea und Ludwig Tieck usw.. Essen: Magnus, 2004. S. 183 – 209, Ein Sommernachtstraum, S. 186.

To dew her orbs upon the green.
The cowslips tall, her pensioners be,
In their gold coats, spots you see,
Those be rubies, fairy favours,
In those freckles, live their savours,
I must go seek some dewdrops here,
And hang a pearl in every cowslip's ear.
Farewell thou Lob of spirits, I'll be gone,
Our Queen and all her elves come here anon. ①

奥·威·施勒格尔对这段韵文的翻译处理堪称经典,不仅句式齐整简练,而且韵律也遵照原著严格采用开头的abab韵脚及之后的主体aabb格式,生动再现了小仙子的精灵之气和轻快心境:②

---

① Shakespeare, William: The Complete Works of William Shakespeare. 上海:上海世界图书出版公司,2010年,p195-221, A Midsummer Night's Dream. p199.

② 试比较大翻译家朱生豪先生在《仲夏夜之梦》汉译本中对此段的韵律翻译,从内容和形式上都忠实了原文的神韵,译笔流畅,文辞华美。详见:莎士比亚:《仲夏夜之梦》,广州:广东世界图书出版公司,2009年,第35页。

越过了溪谷和山陵,
穿过了荆棘和丛薮,
越过了围场和园庭,
穿过了激流和爝火:
我在各地遨游流浪,
轻快得像是月亮光;
我给仙后奔走服务,
草环上缀满轻露。
亭亭的莲馨花是她的近侍,
黄金的衣上饰着点点斑痣;
那些是仙人们投赠的红玉,
中藏着一缕缕的芳香馥郁;
我要在这里访寻几滴露水,
给每朵花挂上珍珠的耳坠。
再会,再会吧,你粗野的精灵!
因为仙后的大驾快要来临。

Elfe:

Über Täler und Höhn,
Durch Dornen und Steine,
Über Gräben und Zäune,
Durch Flammen und Seen
Wandl ich, schlüpf ich überall,
Schneller als des Mondes Ball.
Ich dien der Elfenkönigin
Und tau ihr Ring' aufs Grüne hin.
Die Primeln sind ihr Hofgeleit;
Ihr seht die Fleck' am goldnen Kleid,
Das sind Rubinen, Feengaben,
Wodurch sie süß mit Düften laben.
Nun such ich Tropfen Taus hervor
Und häng 'ne Perl in jeder Primel Ohr.
Leb wohl! Ich geh, du täppischer Geselle!
Der Zug der Königin kommt auf der Stelle. ①

从《仲夏夜之梦》的两例翻译对比可以看出,奥·威·施勒格尔的莎士比亚作品德译本之所以在当时的德国备受欢迎,而且一直作为剧院上演的经典剧目和表演台词首选,其主要原因就是奥·威·施勒格尔对莎氏作品的韵律加工和处理。这种忠实原著的韵律翻译一方面促进了莎士比亚作品在德国的传播与接受,更重要的一个方面是:韵律翻译极大地提高了德语语言运用的技巧,并最终通过文学

---

① Shakespeare, William: Sämtliche Werke. Ins Deutsche übertragen von A. W. Schlegel, Dorothea und Ludwig Tieck usw.. Essen: Magnus, 2004. S. 183 - 209, Ein Sommernachtstraum, S. 188.

作品的翻译影响到德国文学作品的创作手法和形式。在德国早期浪漫主义文学时期，奥·威·施勒格尔的文学翻译创作实际上已被弗·施勒格尔纳入到了浪漫派整体的文学创作活动之中，文学翻译无异于文学创作，学习先于创作。这也正是奥·威·施勒格尔所强调的德国早期浪漫主义文学的历史使命，即通过文学翻译振兴德国的民族文学。

继试笔翻译《仲夏夜之梦》成功之后，奥·威·施勒格尔暗下决心，欲用诗体继续翻译莎士比亚的其他戏剧作品。但是，与此同时，另有一位译者也在马不停蹄地从事莎士比亚作品的翻译工作，他就是早年间曾与维兰德合作用散文体翻译莎剧作品的艾兴布尔格。由于得到了维兰德的鼎力支持，艾兴布尔格与维兰德合作翻译出版了十二卷本《莎士比亚全集》。这部散文体的莎剧德译本全集一直到1796年才在德国陆续出版完毕①。艾兴布尔格的散文体莎剧翻译无疑是对奥·威·施勒格尔的一大挑战。在这场莎剧翻译竞争中，奥·威·施勒格尔得到了出版商的大力支持，以惊人的速度从1797年至1801年短短的几年时间里，陆续出版了13部莎剧译作②。

艾兴布尔格的散文体莎剧译本和奥·威·施勒格尔的诗体译本从本质上有着明显的不同。艾兴布尔格作为维兰德的莎剧合译者，其翻译方法代表着启蒙运动的思想。他们认为，用散文体翻译莎剧更适合大众读者阅读，带有普及教育的目的。海涅虽然盛赞奥·威·施勒格尔的莎剧诗体翻译，但是他仍然承认，他更喜欢阅读艾兴布尔格的散文体莎剧。而奥·威·施勒格尔的诗体译本则更适合在舞台上演出，其优美的韵律极富舞台效果。从一定程度上看，这两种

---

① Price, Lawrence Marsden: Aufnahme englischer Literatur in Deutschland 1500 – 1960. Bern – München 1961, S. 243f.

② 详见本书附录一中的列表内容。

翻译方式正好也意味着德国18世纪末期的文学两极分化现象①。

1801年，奥·威·施勒格尔翻译出版了《莎士比亚全集》的第七卷和第八卷之后，本打算稍作休整或停止这项工作。但是，面对出版商的不断约稿、读者们的翘首期盼，奥·威·施勒格尔最后又翻译了《理查三世》，于1810年作为全集的最后一卷出版。至此，这位成果丰硕的译者施勒格尔陷入了欲罢不能却又自顾不暇的境地②。因为，奥·威·施勒格尔在翻译了十多部莎氏作品之后，把全部精力完全投入到了关于文学的讲座中，计划履行他毕生的第二项任务：用德语表现外国民族文学中的杰作之后，继续向同胞批判性地解说外国和本国最优秀的文艺作品，通过他的文学评述进一步促进德国读者对莎士比亚作品的理解。这样一来，百忙中的他也就无暇继续提笔翻译莎士比亚的作品了，致使一度掀起高潮的莎剧翻译有所中断。

另外还有一个很重要的原因：奥·威·施勒格尔在进行戏剧讲座的研究过程中，逐渐被西班牙戏剧家卡尔德隆的戏剧作品所吸引，并对此展开了专门的研究工作。同时，奥·威·施勒格尔与蒂克展开密切合作，共同翻译和研究莎士比亚的戏剧作品。对于西班牙文学的译介，蒂克翻译了塞万提斯的《堂吉诃德》(Don Quijote，1605)，奥·威·施勒格尔则翻译了塞万提斯的历史悲剧《奴曼西亚》(Numancia，1584)。

1818年，身为翻译家的奥·威·施勒格尔赴波恩大学任教之后，则完全把莎剧的翻译工作推荐给了蒂克继续接着做，主要由蒂克来整理、出版奥·威·施勒格尔未竟的或未出版的莎剧译本，并继续翻译、介绍莎氏的其他作品。到了19世纪上半叶，也就是早期浪漫

---

① 有关这个话题详见：Bürger，Christa / Bürger，Peter / Schulte-Sasse，Jochen：Zur Dichotomisierung von hoher und niederer Literatur. Frankfurt/M.：Suhrkamp，1982.

② Lohner，Edgar (Hrsg.)：Ludwig Tieck und die Brüder Schlegel. München 1972，S. 167.

派逐渐离开耶拿并转移到柏林、海德堡之后，蒂克带领自己的女儿多萝特娅·蒂克(Dorothea Tieck, 1799 - 1841)以及鲍迪逊[①]伯爵(Wolf Heinrich Graf von Baudissin, 1789 - 1878)坚持翻译了莎士比亚的另外 20 部戏剧作品，并且对于原著中的韵文都采用了诗体翻译。至此，莎士比亚创作的全部戏剧作品(包括 14 部喜剧、10 部历史剧以及 13 部悲剧)都在德国浪漫主义文学时期以诗体形式被翻译成德语(详见本书附录一、二的列表内容)。这几位译者合作的德译本直至今日仍然是莎士比亚作品在德国的标准译本。

诗人海涅在波恩大学求学时，曾师从奥·威·施勒格尔，并专门作诗盛赞其师的文学翻译活动。“要说奥·威·施勒格尔在文学上的功绩，我首先又得称赞他是一位卓越的翻译家。在这方面，他无疑地做出了无与伦比的贡献。尤其是他译的莎士比亚的剧本，更是出类拔萃，不可超越。”[②]尽管后来海涅出于论争的需要，在其具有政治化倾向的《浪漫派》一书中对德国的浪漫主义文学大加指责，特别是对早期浪漫主义文学的主要代表人物们进行了毫不留情的尖酸评判和辛辣讽刺，但是，他对于奥·威·施勒格尔在莎士比亚作品译述方面所做出的巨大贡献还是非常肯定的。

德国浪漫主义文学时期，特别是浪漫主义文学早期对莎士比亚作品的译介渐趋系统、完整。同样，莎氏作品在德国的传播对促进德国本身的文学发展也起着不可或缺的作用。德国的当代莎士比亚研究专家布林甚至说：“自 18 世纪中期以来，莎士比亚及其作品在德国几乎家喻户晓，极大地促进了德国文学的发展。我们难以想象，如果莎士比亚没有被译介到德国来的话，那我们的德国文学将会变成什

---

① Wolf Heinrich Graf von Baudissin, 19 世纪德国著名外交家、作家、翻译家，与蒂克合作翻译了 13 部莎士比亚戏剧作品。详见本书附录二。

② 张玉书(主编)：《海涅名作欣赏》，中国和平出版社，2002 年，第 37 页。

么样子。”[1]换句话说，如果没有奥·威·施勒格尔在浪漫主义文学早期对莎士比亚进行系统的译介和评述，德国后来的文学将会变成什么样子？从中足见莎士比亚在德国通过奥·威·施勒格尔的翻译和评述对德国文学所产生的巨大影响。

第二节　奥·威·施勒格尔的文学批评研究

在德国早期浪漫主义文学时期，奥·威·施勒格尔翻译文学作品的初衷是为了译介、学习和借鉴，并最终促进德国的民族文学创作。因此，他在翻译之余也试图进行文学创作，包括诗歌（十四行诗、叙事诗）和戏剧作品等，尝试将早期浪漫派的文学理论付诸实践。

1800年，奥·威·施勒格尔匿名发表文学讽刺小品文《为剧院经理封·柯茨比期盼已久的回归祖国而建的凯旋门》（Ehrenpforte und Triumphbogen für den Theater – Präsidenten von Kotzebue bey seiner gehofften Rückkehr ins Vaterland, Gedichte Tübingen: Cotta 1800），集多种文学形式于一体，包括十四行诗、书信、叙事曲和几首歌曲，其中的诙谐诗甚至可以同意大利人和西班牙人最优秀的诙谐诗相媲美[2]，但是这部作品在艺术性上不太成功，未能取得预期的效果。

之后，奥·威·施勒格尔创作了剧本《伊翁》（Ion. Ein Schauspiel. Hamburg: Perthes 1803），于1802年1月2日在魏玛上演。在早期浪漫派时期，一旦有新的作品问世，同人们都会撰文评论，以期进一步

① Blinn, Hansjürgen (Hrsg.): Shakespeare – Rezeption. Die Diskussion um Shakespeare in Deutschland. Berlin 1982, Bd. 1, S. 10.

② 施勒格尔：《浪漫派风格——施勒格尔批评文集》，李伯杰译，华夏出版社，2005年，《论文学》，第244－257页。此处见第251页。

推广浪漫主义文学理念。弗·施勒格尔对《伊翁》这部话剧做出了较高的评价，认为《伊翁》旨在师法古典悲剧，无论是在素材、精神还是在它极其严格的形式上，莫不如此。这样一部悲剧我们还没有。这样一部剧无疑将超越并遗弃通俗诗即戏剧诗的界限（因为就这个领域而言，一部取材于古希腊罗马的、在其最内在的原则上不同于我们生活的戏剧，或者流于平淡一般，或者倘若这部戏透彻、深刻、真实的话，又在题材上晦涩难懂，尽管它借着一缕明白易懂的光芒使人产生易懂的错觉），对于神秘诗则是获益匪浅[①]。很可惜，奥·威·施勒格尔的文学创作未能像他的文学翻译一样取得成功，《伊翁》这部作品的文学试验结果并没有获得观众的好评，在德国的文学史上也未能留下一笔。

自此以后，奥·威·施勒格尔离开耶拿，移居柏林，继而专门从事文学批评研究。

奥·威·施勒格尔在从事文学翻译的过程中，不仅仅是把外国的优秀文学作品介绍给德国读者，还十分重视对这些文学作品进行系统的评述，向同胞批判性地解说外国和本国最优秀的文艺作品，最终使读者对作品能够达到真正的理解。奥·威·施勒格尔对文学作品的评述活动以及文学批评研究主要体现在他的两个讲座文集里：《柏林讲座》和《维也纳讲座》。他在讲座里主要联系自己的文学翻译实践经验，对欧洲范围内的中古文学传统以及戏剧艺术进行了系统的评述，特别是针对莎士比亚的戏剧作品评述了英格兰伊丽莎白时期戏剧的特点，并最终联系到德国戏剧的现状，提出了适合德国戏剧发展的可能性。

---

① 施勒格尔：《浪漫派风格——施勒格尔批评文集》，李伯杰译，华夏出版社，2005年，《论文学》，第244－257页。此处见第255页。

一、奥·威·施勒格尔对传统文学的历史批评

在浪漫主义文学早期的文学翻译实践活动中，奥·威·施勒格尔积累了大量的第一手资料，得以对欧洲中古文学传统进行综合的评述。1801年至1804年间，奥·威·施勒格尔作为无固定职务的学者在柏林生活，并作了一系列的讲座。《柏林讲座》(Vorlesungen über schöne Literatur und Kunst)是奥·威·施勒格尔进行文学评述和文学批评研究的重要成果。他在讲座中跨时空地论述了上至古希腊、罗马文化直到早期浪漫主义文学时期的世界文学发展的历史，从历史比较的角度对文学的历史发展作了完整、系统的评述，把整个欧洲的文学传统看做是一个扩大化了的民族传统①。这样一来，奥·威·施勒格尔便把整个欧洲的文学传统置于历史比较的批评方法中，将古希腊文学、中世纪的日耳曼文学、法国文学以及近代的西班牙文学和意大利文学放在一个不分上下的平等层面进行了比较和阐述，分别指出了不同时期、不同民族的文学特点和值得借鉴之处，并试图找到一个共同点。有学者认为，这是奥·威·施勒格尔从比较文学角度所做的初步尝试②。他的《柏林讲座》首次使较多的听众认识了早期浪漫派的思想，当时在听众中引起了轰动性的反响，法国的斯太尔夫人(Madame De Staël,1766－1817)③也是讲座的主要听众之一，并因此而开始了她与奥·威·施勒格尔的长期交往和学术探讨。

---

① Schlegel, A. W.: Kritische Schriften und Briefe. Bd. 1: Sprache und Poetik. Hrsg. von Edgar Lohner. Stuttgart 1964, S. 227.

② 见 Paulini, Hilde Marianne: August Wilhelm Schlegel und die Vergleichende Literaturwissenschaft. Frankfurt /M.: Lang, 1985.

③ 斯太尔夫人因为反对拿破仑的统治而被驱逐出法国。她流亡到德国之后，结识了奥·威·施勒格尔。两人在很多方面思想认识一致，曾一同游历欧洲各国。后来，她在奥·威·施勒格尔的影响下，写了《论德意志》一书，从文学、哲学和宗教等方面对当时的德国加以美化。

奥·威·施勒格尔对于弘扬德意志的民间文学做出了巨大的贡献。18 世纪中期以前，德国的民族文学没有受到普遍的重视，文学创作者们一味模仿法国的文学，唯法国文学是尊。通过模仿而迎合读者口味的德国流行文学本身缺乏生命力，内容也极为通俗；作家们不注重刻画人物性格的本质特征，而专好描绘那些非本质的表面的特点和细节。这种一味地模仿使德国文学难以健康发展，也无法使德国作家创造出出类拔萃、具有民族特色的、反映人民生活的文学作品。针对这种情况，奥·威·施勒格尔在《柏林讲座》中明确提出德国文学的自身发展应该从重视传统开始，要从中古德语文学作品中寻找源泉和灵感①。

弗·施勒格尔在《谈诗》中也表达了同样的观点："……德国人的古老力量和高尚精神一直沉睡在他们祖国史前时代留下的遗迹里，为后人所不识。德国人应当去追寻他们语言和诗的源头，以便把这种古老的力量和高尚的精神重新解放出来。凡此种种，都是德国人的当务之急。只有这样，诗才会在德意志民族当中、在真正的饱学之士手中成为一门缜密的科学。因为在任何一个现代民族那里，诗都不像在德国人当中那样被发掘得如此充分，它起初是英雄传说，后来是骑士的游戏，最后成了市民们的一门手艺。"②

早期浪漫主义文学时期的主要代表人物都注重对德国的中古艺术传统重新发掘并加以推广。弗·施勒格尔也表示："只要我们还是德国人，德国的艺术和科学中那些我们古代英雄的精神，就必须仍然是我们的精神"③。

---

① Paulini, Hilde Marianne: August Wilhelm Schlegel und die Vergleichende Literaturwissenschaft. Frankfurt /M.: Lang, 1985, S. 147.

② 施勒格尔:《浪漫派风格——施勒格尔批评文集》，李伯杰译，华夏出版社，2005 年，《谈诗》，第 169－218 页。此处见第 186 页。

③ 同上，《断想集》第 120 条，第 118 页。

对于奥·威·施勒格尔在弘扬德国中古文学传统这方面的功绩,他的学生海涅后来曾经专门献诗予以歌颂:①

于是你在古老的林莽中找到一座王宫,
里面躺着一个艳丽绝伦的少女,中了魔法,
宛如秀美的大理石像,正沉睡在梦中。

可是不久魔法失灵,听见你问好,
德意志真正的缪斯笑吟吟地从梦中醒来,
充满柔情蜜意,投入你的怀抱。

在诗中,海涅把奥·威·施勒格尔对德国民间文学传统的研究比作骑士对美女的寻觅。一往情深的骑士对纯情美女的执著追求最终解救了德国文学真正的文艺女神。②

奥·威·施勒格尔不仅重视发掘德国的中古文学,甚至把欧洲范围内的中古传统文学看做一个整体③,从源头上探究欧洲的文学传统之间的密切关联。在这个整体中,但丁(Dante Alighieri,1265 – 1321)和卡尔德隆(Pedro Calderon de la Barca,1600 – 1681)是两大柱石,标志了浪漫主义诗文的开始和结束。奥·威·施勒格尔认为意大利的文学是浪漫主义诗文的起源,特别是在但丁、彼特拉克和薄伽丘的作品中,浪漫主义色彩得到了最完美的体现。卡尔德隆(Pedro Calderon de la Barca, 1600 – 1681)是17世纪西班牙文学的杰出代表,他的戏剧标志着西班牙文学"黄金时代"的顶峰,被奥·威·施勒格尔看做是浪漫主义文学的典范。卡尔德隆的作品带有强烈的宗教色彩,但其剧作结构严谨,情节曲折,性格鲜明,感情激烈。因此,

① 张玉书(主编):《海涅名作欣赏》,中国和平出版社,2002年,第24页。

② 张玉书(主编):《海涅名作欣赏》,中国和平出版社,2002年,第27页。

③ Paulini, Hilde Marianne: August Wilhelm Schlegel und die Vergleichende Literaturwissenschaft. Frankfurt /M.: Lang, 1985, S. 144.

奥·威·施勒格尔专门翻译了这些作家的作品，使德国读者了解到德国之外的欧洲传统文学，继而认识到德国自己的文学传统。奥·威·施勒格尔对以卡尔德隆的剧作为代表的西班牙文学的研究介绍不仅直接影响了德国浪漫主义文学的剧作家，甚至对19、20世纪德语戏剧的重要代表人物也有很大启发。就连歌德在写他的《浮士德》时，不仅在个别地方，而且整场整场地汲取了卡尔德隆的《神奇的魔术师》[①]（Der Wundertätige Zauberer，西班牙语原文为mágico maravilloso）中天主教的浮士德形象。

在《柏林讲座》中，奥·威·施勒格尔首次把文学和艺术史置于历史发展的有机关联中，把世界文学置于历史发展的长河中，专门提到了一度被忽视的欧洲范围内的中古文学传统，讲到了德国的中古诗歌、民间文学和宫廷抒情诗等，分别论述了不同时期、不同民族以及不同体裁的文学作品和艺术形式的发展历史，试图探寻其关联性。奥·威·施勒格尔的《柏林讲座》主要是为了让德国人了解到自己民族的传统文化，并且重新树立起民族自豪感。由于他在讲座中对中古传统文学的详细介绍，使得德国在19世纪初的20年代重新出现了对中古文学传统的研究和阅读兴趣，中古文学作品的重新编译和整理出版也相应达到了一个高潮。

奥·威·施勒格尔把整个世界文学看做一个有机的统一体。在这个统一体中，传统的文学及各国的民族文学之间都有着密切的关联。他提出"世界文学"的具体含义"不仅是指那些民族的、某个时期受欢迎的作品，更包括那些普遍的、总也不会过时的优秀作品。"[②]在奥·威·施勒格尔看来，世界文学并不是各个国家或民族的文学

---

① 《神奇的魔术师》是一部有宗教和迷信色彩的戏剧。所谓神奇的魔术师是以魔鬼的形象出现于剧中，在主人公历经磨难即将被处死时，魔鬼将其收回到基督教的天堂中。

② Schlegel, A. W.: Kritische Schriften und Briefe. Bd. 4: Berliner Vorlesungen. Hrsg. von Edgar Lohner. Stuttgart 1964, S. 14.

总和,也不是所谓的国别文学的简单罗列,而是从各个民族文学的优秀作品中精心挑选出来的、符合高标准审美要求的经典之作。对这些作品进行历史批评,就是要探寻它们之间的关联性。每个民族的优秀文学作品都是人类历史上各个发展时期、不同时代的历史记录,从中可以清晰明确地看出各个民族的生活中所赋予的最重要的世界观。任何一部文学作品都不能孤立地去看,而应该把它看做一个有机的整体,看做是民族的整体精神。据此,奥·威·施勒格尔前瞻性地赋予了世界文学以现代的意义。

自1818年开始,奥·威·施勒格尔被波恩大学聘为文学教授。他在波恩大学执教期间,甚至把研究兴趣转向了欧洲范围之外的印度语言文学研究,奠定了梵文在德国的学术研究基础。1829年至1846年间,奥·威·施勒格尔花费了大量的时间和精力翻译了印度长篇史诗《罗摩衍那》[①](Râmâyana),成为德国古印度语文学研究的开创者。正是由于奥·威·施勒格尔在梵文研究方面取得的巨大成就,他与洪堡[②](Wilhelm von Humboldt,1767-1835)、弗兰茨·波普[③](Franz Bopp,1791-1867)一同被称为现代比较语言学的创始人。

弗·施勒格尔在他的文学理论中也强调“综合”、“整体”的观念,主张把当时的欧洲各国文学作为一个整体来看待,用历史批评[④]

① 印度史诗《罗摩衍那》共有两万四千颂,成书时间大约在公元前3、4世纪至公元2世纪之间,是古典梵语诗歌最直接的先导,被称作“最初的诗”。详见怀文(主编):《外国文学名著赏析词典》,杭州:浙江文艺出版社,1997年,第57-60页。

② 德国学者、政治家和柏林洪堡大学的创始者,现代比较语言学创始人之一。

③ 德国比较语言学家,主要从事印度语言与欧洲语言的对比研究。

④ 弗·施勒格尔在《批评断片集》对历史批评有专门的论述:“所谓历史批评的两条首要原则,就是卑鄙假设和习惯的原则。所谓卑鄙假设就是:一切真正伟大的、善的和美的未必是真的,因为它是超越常规的,至少是值得怀疑的。而习惯的原则是:一切真正伟大的、美的和善的必定曾经普遍存在过,如同它现在在我们身上和周围一样。因为这一切又是如此自然。”见弗·施勒格尔:《批评断片集》,李伯杰译,第51页,载于:张玉书(主编):《德语文学与文学批评》第一卷,人民文学出版社,2007年,第48-69页。

的方法去研究。后来,他用这种方法撰写了《古今文学史》一书。对于施勒格尔兄弟在传统文学批评方面的研究功绩,韦勒克在《文学理论》中指出,“至少西方文学是一个统一的整体。我们不可能怀疑古希腊文学和古罗马文学之间的连续性,西方中世纪文学与主要的现代文学之间的连续性,而且,在不低估东方影响的重要性,特别是圣经的影响的情况下,我们必须承认一个包括整个欧洲、俄国、美国以及拉丁美洲文学之内的紧密整体。这个理想是由19世纪初期文学史的创始人,如施勒格尔兄弟(A. W. Schlegel and F. Schlegel)、布特韦克(F. Bouterwek)、西斯蒙第(S. Sismondi)和哈勒姆(H. Hallam)等人设想出来并且在他们力所能及的范围内实现的。”①

为了让德国的读者能够更好地理解文学作品的艺术含义,奥·威·施勒格尔在《柏林讲座》中引入了其他的艺术形式,如建筑、雕刻、音乐等,用类比的方法说明了各种艺术形式之间相互影响的关联性,并且多次强调:所有的艺术形式都构成了一个有机的整体,各种艺术形式之间互为补充、互为制约。② 在对艺术的研究过程中,奥·威·施勒格尔强调要消除误读,尊重传统,突破创新;应该用开放的、包容的眼光去吸纳借鉴其他艺术形式中的长处,这样才能取得更为广泛的研究成果。奥·威·施勒格尔对待艺术研究的跨领域研究方法,与他的“世界文学”观相互呼应,突出了包容性和共通性。

奥·威·施勒格尔在他的艺术研究过程中,把所有的艺术形式最终归结为“诗”——诗是所有艺术形式的共同中心,所有的艺术都

① 韦勒克,雷内/沃伦,奥斯汀[美]:《文学理论》,刘象愚等译,江苏教育出版社,2005年,第44页。

② Schlegel, A. W.: Kritische Schriften und Briefe. Bd. 4: Berliner Vorlesungen. Hrsg. von Edgar Lohner. Stuttgart 1964, S. 13.

将最终归结到诗这种最高形式上，然后又从诗发展为其他的艺术形式[①]。这一点正是早期浪漫主义文学的核心理论，与弗·施勒格尔关于诗的看法相一致。当代文学理论家韦勒克十分肯定施勒格尔兄弟在文学史研究上所做出的贡献，认为是他们兄弟俩最先把文学艺术放在历史发展的关联框架中进行研究[②]。

二、奥·威·施勒格尔对戏剧艺术的研究

1808年，奥·威·施勒格尔在维也纳居住期间，写出了他的《戏剧艺术与文学讲座》(Vorlesungen über dramatische Kunst und Literatur)，又称《维也纳讲座》。该书于1809年出版，内容主要涉及对戏剧艺术及文学作品的评述。作者同样是用历史批评的方法评述了世界文学意义上的戏剧艺术的发展历史，从古希腊的戏剧一直到莎士比亚、卡尔德隆的戏剧作品等都有所论及。奥·威·施勒格尔首先描述了他翻译莎士比亚戏剧作品以及翻译西班牙剧作家卡尔德隆作品的体会和对戏剧的看法，以此为基础，他阐述了古典戏剧和浪漫派戏剧的基本原则，认为二者的区别不过是宗教和形式上的对立，确定了古典戏剧传统和浪漫派戏剧的同等地位。

奥·威·施勒格尔在维也纳讲座中的主要内容当时很快就被翻译成法语，在德国之外也赢得了非同凡响的声誉。曾经著有《十九世纪文学主流》的丹麦文学评论家勃兰兑斯就深受奥·威·施勒格尔的文学理论研究的影响，在《德国的浪漫派》分册中也多次提到了奥·威·施勒格尔在文学批评方面的功绩。

在《维也纳讲座》中，奥·威·施勒格尔再次强调了他的“世界

---

① Schlegel, A. W.: Kritische Schriften und Briefe. Bd. 4: Berliner Vorlesungen. Hrsg. von Edgar Lohner. Stuttgart 1964, S. 13.

② Wellek, René: Geschichte der Literaturkritik 1750 – 1950. Bd. 1: Das späte 18. Jahrhundert – Das Zeitalter der Romantik. Berlin 1955. S. 56.

文学"主张,把世界文学的历史看做一个有机关联的整体;在这个整体中,各个民族、各种语言的文学作品都不可避免地互相影响、互为模仿和借鉴。韦勒克在他的《文学批评史》中专门有一个章节是评述奥·威·施勒格尔的文学批评方法,着重突出了他在文学批评研究方面的历史贡献。①

奥·威·施勒格尔自己从事文学翻译时,非常看重作品的形式和韵律,讲究再现原著缜密的诗韵。他认为,作品的形式不仅仅是起着装饰的作用,形式和内容互相制约,都是作品的有机构成部分。作品的内容和主题都反映了各个民族的历史和文化。② 因此,凡是伟大的作家都有他自己的独特个性,以此形成自己的创作风格。在这一点上,奥·威·施勒格尔专门提到了他曾经系统翻译过的莎士比亚以及西班牙剧作家卡尔德隆,认为这两人的艺术创作都富有浪漫色彩。他们在作品中没有夸夸其谈地进行道德说教,也不是对自然进行简单的模仿。这两位剧作家的独特之处就在于,他们能够熟练地利用自然、生动的语言形式表现民族生活中最重要的事件,把它作为一种历史记录形式。作家通过这种记录把现实和想象有机地融合在一起,不露声色地起到了说教的作用。戏剧作品与一般文学作品不同,既要讲究形式上的诗意美,还要有舞台效果。两者相结合,才能体现戏剧作品的整体精神。

奥·威·施勒格尔对戏剧艺术的批评研究主要源于他对莎士比亚戏剧作品的译介,同时他也受到了其弟的影响和启发,把弗·施勒格尔关于莎士比亚的观点向广处发展。根据弗·施勒格尔的理论解释,莎士比亚被德国的早期浪漫主义文学视为浪漫主义的代表。莎

① 详见 Wellek, René: Geschichte der Literaturkritik 1750 - 1950. Bd. 1: Das späte 18. Jahrhundert - Das Zeitalter der Romantik. Berlin 1955. S. 56.

② Schlegel, A. W.: Kritische Schriften und Briefe. Bd. 5: Wiener Vorlesungen. Hrsg. von Edgar Lohner. Stuttgart 1964, S. 18.

士比亚的浪漫性不仅充满了幻想和奇异的游戏性，而且又具有真实、深刻的严肃性。弗·施勒格尔曾多次撰文分析阐述莎士比亚作品中的艺术特点。他在《论莎士比亚》一文中，称莎士比亚为“北方日耳曼民族的诗人”①。在早期浪漫主义者眼里，莎士比亚不只是英国人最喜爱的诗人，同时也是所有日耳曼民族最喜爱的诗人。在一切艺术家当中，莎士比亚最完备、最恰当地刻画着近代文学的精神。他的作品巧妙地“兼容近代人的各种独特的艺术优点，包罗万象，高超卓越，包括近代人的全部特点，甚至连他们身上所具有的放荡、怪诞和缺陷”②也都毫不留情地披露无遗。弗·施勒格尔认为：“但丁的预言诗是超验诗唯一的体系，永远是超验诗最高的体系。莎士比亚作品的总汇性如同是浪漫艺术的核心。歌德的纯粹诗意的诗，是诗里最完善的诗。这就是现代诗伟大的三和弦，在所有现代的诗艺术经典作家精选中，不论范围多宽多窄，这三个人都是最内在、最神圣的一组。”③

关于戏剧的目的性，莎士比亚在《哈姆雷特》中借主人公之口说出了一段极富启发性的话：

“演戏的目的，从前也好，现在也好，都是仿佛要给自己照一面镜子；给德行看一看自己的面貌，给荒唐看一看自己的姿态，给时代和社会看一看自己的形象和印记。”④

弗·施勒格尔在浪漫主义文学早期的理论纲领中也把浪漫主义看成是整个周围的镜子，是整个时代的反映。莎士比亚的这面镜子，

---

① 刘小枫（选编）：《德语诗学文选》上卷，华东师范大学出版社，2006 年，第 265 页。

② 同上，第 268 页。

③ 施勒格尔：《浪漫派风格——施勒格尔批评文集》，李伯杰译，华夏出版社，第 83 页。

④ Shakespeare, William: Sämtliche Werke. Ins Deutsche übertragen von A. W. Schlegel, Dorothea und Ludwig Tieck usw. Magnus 2004, S. 1237. 此处译文转引自：郭建中（编）：《文化与翻译》，中国对外翻译出版公司，1999 年，第 84 页。

映照出来的不只是自然的外观，而且是真实地反映生活，体现了生活的本质的东西。莎士比亚这面镜子的深刻含义，在许多作家、艺术家的论著中都有极其精辟的阐述。

通过对莎士比亚戏剧作品的翻译评述和研究，奥·威·施勒格尔首先在维也纳讲座里详细论述了什么是戏剧性。他认为："在戏剧里，作者不以自己的身份说话，而把各种各样交谈的人物引上场来。然而对话不过是形式的最初的外在基础。如果剧中人物彼此间尽管表现了思想和感情，但是互不影响对话的一方，而双方的心情自始至终没有变化，那么，即使对话的内容值得注意，也引不起戏剧的兴趣。"①

奥·威·施勒格尔以莎剧中的人物刻画方式为例，指出人类活动的最高对象是人，在莎士比亚的戏剧中可以看到人们在朋友或敌人的往来中互相较量，作为理智的、道德的生物，以各人的见解、情操、情感互相影响，断然决定他们的相互关系。因此剧作者的艺术就在于从情节中剔除一切非主要的部分，剔除实际生活中的一切日常琐事，不使它们妨碍主要动作的发展②。莎士比亚在这一点上可谓做到了极致，他所塑造的人物无不交织在朋友或敌人的错综复杂关系中，无不充满着力量的抗衡和道德的较量。戏剧作者的艺术能力就是要把这种较量压缩在短短的范围内，以高度概括的形式吸引观众的注意力。奥·威·施勒格尔强调指出，德国自己的戏剧要想具有较大的思想深度，就必须借鉴莎氏的创作特点，同莎士比亚剧作的生动性和丰富性进行完美的融合。

由此，奥·威·施勒格尔明确规定了戏剧作者的首要任务，要求他们在创作时能够预料到观众的反映。为了使观众全神贯注于剧情

---

① 刘小枫(选编)：《德语诗学文选》上卷，华东师范大学出版社，2006年，第211页。
② 同上，第212页。

的发展,剧作者必须让想象成为文学创作的主宰,善于剔除现实生活中的一切日常琐事,突出主要情节的发展。

在当时的德国剧院中,也正在进行着一系列诗剧的尝试。奥·威·施勒格尔所翻译的莎士比亚诗体剧采用了韵体,又忠实于原著,给当时的德国剧院提供了大量的储备剧目。莎剧几乎都可以被视为德国人自己的戏剧[①]。

不过,早期浪漫主义者虽然对莎士比亚表示出高度的偏爱,但是他们并不认为莎士比亚能够作为德国戏剧的唯一准则。每一个舞台都必须给自己寻找和形成自己的、与本民族和本时代相称的规则和形式来,一味地模仿外来形式最终将会是徒劳无功、没有生命力的。对此,奥·威·施勒格尔在《维也纳讲座》中指出,德国人的任务不是仅仅消极地重复古希腊或法国、西班牙或英国的戏剧艺术,而是寻求一种形式,把上述所有各国那些形式中真正有诗意的东西包含在内,并排除建立在与习俗协调上的东西。但是在内容上,德国的民族性无疑应该居于支配地位。[②] 据此,奥·威·施勒格尔纲领性地指明了德国戏剧的发展方向——提倡学习借鉴,但不是消极的简单模仿;注重有诗意的一切,并突出民族性。

---

① 弗·施勒格尔:《论文学》,李伯杰译,第30页,载于:张玉书(主编):《德语文学与文学批评》第一卷,人民文学出版社,2007年,第28-47页。

② 刘小枫(选编):《德语诗学文选》上卷,华东师范大学出版社,2006年,第217页。

第四章　蒂克的世界文学观

路德维希·蒂克(Ludwig Tieck,1773－1853)是德国早期浪漫主义文学的主要代表人物之一。他不仅自己创作颇丰,而且还进行了大量的文学译介和评述工作,是早期浪漫主义文学时期最有创造力的作家[①]。蒂克一生共创作了二十八卷著作,包括诗歌、戏剧、小说以及艺术童话等不同形式的文学作品,展示了他在文学创作方面的杰出才能。他的艺术童话不仅为早期浪漫主义文学创作奠定了基础,形成了耶拿浪漫派独特的创作风格,受到了海德堡浪漫派重要成员布伦塔诺的赞赏,而且对德国现实主义中篇小说的创作也产生了很大的影响。蒂克的童话使他成为近代艺术童话的奠基人。

蒂克在生前就因其著作颇丰、影响极广而被称为早期浪漫主义文学时期真正"作诗的诗人"[②]、唯一"作诗的诗人"[③]、"浪漫主义文学之王"[④]等。虽然蒂克在整个浪漫主义文学时期获得了不少赞誉,虽然他在德国文学史的发展过程中对很多重要的文学、文化现象的产生都起着非常重要的作用,但是,在德国的文学史研究中,蒂克始

---

① Ribbat, Ernst: Ludwig Tieck. Ausgewählte kritische Schriften. Tübingen 1975. Einleitung, S. VII.

② 海涅:《浪漫派》,薛华译,上海人民出版社,2003 年,第 126 页。

③ 弗兰克:《德国早期浪漫主义美学导论》,聂军等译,吉林人民出版社,2006 年,第 316 页。

④ Günzel, Klaus: König der Romantik. Das Leben des Dichters Ludwig Tieck in Briefen, Selbstzeugnissen und Berichten. Berlin 1981.

终并未得到应有的重视，甚至常常被忽视。其实，蒂克在他漫长的文学生涯中经历了不同的文学潮流，创造了很多文学作品。这些作品形式多样，涉及的范围非常广泛，而且各具风格。蒂克不仅自己积极从事文学创作，而且还对上至中古德语文学，远至西班牙文学、英国文学等都进行了译介和评述，其丰硕成果对浪漫主义文学及之后的德国文学产生了不可磨灭的影响。他一生中积极关注所有重要的思想及艺术潮流的发展，关注社会各个阶层的生活。

当蒂克还在上中学时，他就开始从事文学创作。1792 至 1794 年上大学期间，他先后在哈勒、哥廷根和埃尔朗根学习哲学、神学、语言和文学，最后却成了自由作家。1793 年，蒂克和好友瓦肯罗德一起游览了莱茵河流域弗兰肯一带以及班贝格和纽伦堡地区的中世纪城堡和古代建筑。这次旅行途中优美的风景、宁静的森林、德国中古的传统文化给蒂克留下了深刻的印象，也对他后来的文学创作产生了很大的影响，特别是关于“森林孤寂”的主题一再成为他在作品中表现的母题。1794 年起蒂克在柏林从事自由创作，结识了哲学家施莱尔马赫以及比较语言学家威廉·洪堡，并很快融入了柏林的文学圈子。

1797 年秋，蒂克在柏林结识了弗·施勒格尔。次年，施勒格尔兄弟在耶拿创办文学期刊《雅典娜神殿》，蒂克应邀投稿。1799 年，蒂克到达耶拿，正式成为早期浪漫主义文学的主要成员之一。在耶拿的几年时间里，蒂克与早期浪漫主义文学的主要代表人物有着广泛而密切的交往，一方面拓宽了他对浪漫主义艺术的理论认识，另一方面他本人也力主打破艺术的界限，积极尝试将多个艺术门类综合于一体进行文学实验。蒂克据此创作了丰富的文学作品，并逐渐为人所熟知，成为早期浪漫主义文学时期在文学创作上最有成就的作家之一。

不过,随着耶拿浪漫派的文学杂志《雅典娜神殿》在1805年复活节后停刊,耶拿浪漫派日益衰落并最终陷入沉寂,其主要成员也各奔东西——奥·威·施勒格尔随法国的斯太尔夫人游历欧洲,弗·施勒格尔转而研究梵文,浪漫主义文学中心开始向海德堡转移。蒂克在乡间隐居多年之后于1817年赴英国对莎士比亚戏剧作品进行了系统而深入的研究。1819年起蒂克担任德累斯顿萨克森公国的宫廷顾问官,1825年起任德累斯顿宫廷剧院的编剧。1841年,蒂克应普鲁士国王弗里德里希·威廉四世的邀请前往波茨坦,后来在柏林担任戏剧顾问和宫廷顾问官。蒂克一直到晚年时期仍然致力于英国文学和西班牙文学作品的翻译。

19世纪初,蒂克经历过拿破仑大军的闪电战,曾亲眼目睹了神圣罗马帝国和普鲁士的崩溃。当1811年拿破仑召集欧洲的年轻人向俄国作死亡进军时,蒂克正处在其浪漫主义文学创作的盛期。其时,38岁的蒂克拓宽了自己荒诞童话的梦幻世界,并使之变成了一个富有诗意的乌托邦,一个闪光的理想之果。

德国文学史界在对浪漫主义文学进行的研究中,鲜有专对蒂克的系统研究。其实,在整个浪漫主义文学时期,蒂克除了丰硕的文学创作成果之外,还翻译评述了大量的外国文学作品。然而,正是由于蒂克在翻译和编译整理方面所取得的这些成绩,使得他的文学创作备受歧义。恰恰是蒂克在浪漫主义早期的文学翻译行为曾经使得他一直得不到正确的评价,有一些看法甚至不免过于片面,抹杀了蒂克的文学功绩。

歌德就对蒂克的文学造诣嗤之以鼻,称他为“过时的稀罕物”①,认为蒂克从大量的文学翻译活动中并没有学会自己进行文学创作,

① Günzel, Klaus: König der Romantik. Das Leben des Dichters Ludwig Tieck in Briefen, Selbstzeugnissen und Berichten. Berlin 1981. S. 477.

而是仅限于低级的模仿。歌德的这一观点在很大程度上影响了文学史家们一直以来对蒂克的客观评价和公正看法。

蒂克的文学译介活动成果卓越,但是却被阿琉恩(Richard Alewyn)看做是文学创作才气耗尽,认为蒂克只是专注于收集他的老古董——中古德语文学,热心于整理出版别人的遗作,搜集中世纪的德国诗歌和英国伊丽莎白时期的戏剧,翻译《堂·吉诃德》等;这一切只能说明:蒂克自己的文学创作缺乏生气,已经处于江郎才尽的状态,只好去干一些收集整理的工作①。

施泰格尔(Emil Staiger)也曾对蒂克的文学翻译及其文学创作水平颇有微词,认为蒂克的文学创作只是对其文学翻译活动的简单模仿。但同时他也盛赞蒂克作品中所体现出的时代感以及历史感:无论是在文学翻译活动中,还是在文学创作上,蒂克都以极其精确的笔触、以轻松自如的方式体现了时代的精神,而且蒂克善于在文学作品中首先顺应时代潮流、发出时代的呼声,预见到未来社会的发展趋势②。施泰格尔的这一番话算是对蒂克所做的最中肯的评价。试想一下,若是一个三流的作家,或者是一个低级的模仿者,他绝对不可能做到能够如此精确地、率先发出时代的呐喊,立志于振兴德国民族文学的发展。

从这一点来讲,蒂克在早期浪漫主义时期的大量文学翻译活动,恰恰也证实了他的时代责任感。蒂克一直致力于文学作品的翻译和介绍,译介那些不为人知或曾被误读的外国优秀文学作品,编译中古德语文学,整理出版早逝的同时期作家的遗作。在翻译、编辑的过程中,蒂克懂得如何与读者进行交流,充分考虑到读者所受的教育和接

---

① Alewyn, Richard: Probleme und Gestalten. Essays. Frankfurt/M. 1974. S. 100.

② Staiger, Emil: Ludwig Tieck und der Ursprung der deutschen Romantik. In: Staiger, Emil: Stilwandel. Studien zur Vorgeschichte der Goethezeit. Zürich / Freiburg 1963. S. 175 - 204.

受程度，并专门撰写了译者前言或编者的话，以帮助读者更好地理解作品。

除了翻译外国的优秀文学作品之外，蒂克在浪漫主义文学早期对中古德语文学的史诗做了大量的搜集、整理和编辑出版工作，对中古德语文学的研究做出了巨大的贡献，让德国的传统文化瑰宝重新受到关注。[①] 与浪漫主义文学时期的其他几位代表人物不同的是，蒂克抓住了当时德国文学市场的机遇，充分考虑到大众读者的文学接受和所受教育，真正把作家与读者这两个交际终端置于一个真正互为关联的创作和阅读过程之中。所幸，文学研究界在对蒂克的评论中，仍然有一些积极的、客观的声音。

赫尔特（Achim Hölter）在《早期浪漫主义文学——早期比较文学》中称蒂克为比较文学专家[②]。蒂克在翻译介绍外国的优秀文学作品时，还撰写了大量的译介评述论文，为当时的德国读者进行了导读和解读，对促进外国优秀文学作品在德国的传播以及德国文学自身的发展起到重要的推动作用。

茨布拉（Marek Zybura）则主要从蒂克的文学翻译活动入手，着重探讨了蒂克作为译者及编者的身份在德国早期浪漫主义文学时期所取得的丰硕成果，充分肯定了蒂克对德国浪漫主义文学甚至是在这之后的德国文学发展所产生的深远影响。[③]

根据诺瓦利斯关于早期浪漫主义文学的翻译观[④]，我们从中可以看出，德国早期浪漫主义者为了建立“德国的世界文学”而做了大量

---

① Brinker-Gabler, Gisela: Poetisch-wissenschaftliche Mittelalter-Rezeption. Ludwig Tiecks Erneuerung altdeutscher Literatur. Göppingen 1980.

② Hölter, Achim: Frühe Romantik - frühe Komparatistik. Frankfurt 2001.

③ Zybura, Marek: Ludwig Tieck als Übersetzer und Herausgeber. Heidelberg 1994.

④ 见 Novalis' 68. Blütenstaub – Fragment. In: Novalis: Werke in einem Band. Hrsg. von Hans – Joachim Mähl und Richard Samuel. S. 451f. 详见本文引言部分的相关内容。

的努力，这其中蒂克发挥了不可或缺的作用。虽然蒂克未能像施勒格尔兄弟和诺瓦利斯那样参与浪漫主义文学理论的创立，但是他一直致力于对德国文学传统的挖掘、译介外国优秀文学作品、整理出版同时期早逝作家的遗作。蒂克在文学方面的译介、评述和整理工作几乎是他在浪漫主义文学时期倾注时间和精力最多的工作。因此，仅凭他大量的译介活动就能断定，蒂克以他实际的行动促成了早期浪漫主义文学时期的“世界文学”观的形成。蒂克的“浪漫主义文学之王”这顶桂冠，也并非指他为了德国的浪漫主义文学奠定了理论基础，而是从他的文学创作及文学译介方面的丰硕成果肯定了蒂克的功绩，肯定了蒂克为早期浪漫主义文学“世界文学”观的形成所做出的实实在在的贡献。

第一节　蒂克的早期文学译介活动

一、蒂克对中古德语文学的搜集整理与研究

德国早期浪漫主义者所提倡的“世界文学”观，一是翻译介绍外国的优秀文学作品，同时，还要致力于挖掘中古德语文学中的传统力作，整理“国故”，力争把中古德语的文学精粹再次完整地呈现给德国的大众读者，从跨时间的角度去体现早期浪漫主义文学时期的“世界文学”观。浪漫派作家到各地游历，搜集民间童话、歌谣、原始艺术。他们到古城中寻求昔日的旧画，把目光投向古老的未被发掘的传统文化。浪漫主义崇尚自然，崇尚原始、幼稚之事物，视之为未受所谓的文明污染的纯真事物。

在早期浪漫主义者看来，中古德语文学是最美、最淳朴的艺术；

它是德国传统民族文学中不可分割的一个重要组成部分。不过,中古时期的文学作品所使用的都是古高地德语,其语言形式完全不同于浪漫主义时期的语言,普通读者很难直接读懂这些作品。因此,对德国中古文学的重新发掘是同一语言之间的一种文学翻译行为,旨在译介和普及德国的传统民族文学。重新编译传统的中古德语文学作品,是早期浪漫主义文学时期"世界文学"观的另一种体现。早期浪漫主义者认为,学习和借鉴并不仅仅是源自对外国优秀文学作品的译介,从自己民族的文学传统中也能找到文学创作的灵感和源泉。

中古德语文学涵盖的范围很广,时间跨度非常大,最早可始自古高地德语文学时期的英雄史诗《希尔德布兰特之歌》(Das Hildebrandslied,810 - 820 年),一直延续到 17 世纪的巴洛克文学,都是早期浪漫主义者关注和致力发掘的传统德语民族文学领域[①]。在这方面做出卓越贡献的,还得首推早期浪漫主义文学的代表人物之一蒂克。

一直到 18 世纪末期,德国对自己中古德语的文学作品还不太重视,普遍认为中古时期的德语文学无非是反映了等级森严的封建观念,或者是歌颂骑士的勇敢无畏精神,描写他们的甜情蜜意、文雅仪态和冒险好斗等,形式杂乱,内容简单平庸,毫无文学价值可言。在这种观念的影响下,蒂克也一度抱有轻视传统的看法,认为中古时期的英雄史诗及宫廷抒情诗在内容和形式上都极其单调,不值得研究。

蒂克真正对中古德语文学感兴趣,最初是受其好友瓦肯罗德的影响。在早期浪漫主义文学时期,最先对中古德语文学产生浓厚兴趣的就是瓦肯罗德。瓦肯罗德与蒂克在中学时代便是好友,两人曾经在 1793 年一起到南部德国的纽伦堡、埃尔朗根等地游历,欣赏中

---

① Ribbat, Ernst: Ludwig Tieck. Studien zur Konzeption und Praxis romantischer Poesie. Kronberg, 1978, S. 156.

古德国的大城市之艺术魅力。这次南德游学经历使他们两人对德国的中古文化有了更深层的了解,最终重新认识到了中古德国文化瑰宝的魅力,也促成了蒂克对中古德语文学的正式研究与整理。

1795 至 1799 年间,蒂克一边在从事莎士比亚研究,同时开始着手搜集、整理德国 16、17 世纪的民间文学作品。后来,蒂克在他自己的文学创作中直接运用了这些民间文学的研究成果。

在接下来的两年时间里,蒂克与早期浪漫主义文学时期的耶拿派代表人物交往甚密。在耶拿生活期间,蒂克对德国中古时期的文学进行了深入、系统的研究。作为早期浪漫主义文学的摇篮,耶拿可以说同时也是发掘中古德语文学的发源地。两位施勒格尔兄弟也说,我们的文艺已经老朽衰败,我们的缪斯是一个手握纺杆的老妪,我们的爱神不是金发的少年,而是一个萎缩干瘪、满头灰发的侏儒,我们的幻想已经枯竭;我们必须重新振奋,重新去探索那埋没已久的中世纪素朴单纯的文艺源泉,于是返老还童的仙浆便会向我们迸涌出来。

在这段时期,奥·威·施勒格尔正致力于对意大利的中世纪诗人但丁的研究。受他的影响,蒂克也逐渐重视对中古德语文学的发掘、整理与搜集,并很快成为浪漫主义文学早期对中古德语文学重新发掘的重要代表人物。蒂克所从事的是对德国中古时期的民间文学和宫廷抒情诗的整理和编译工作,而奥·威·施勒格尔则对欧洲范围内的中古文学进行了广泛的研究。

蒂克对中古德语文学的研究始于对民间史诗《尼伯龙根之歌》(Das Nibelungenlied)的编译整理。1801 年到 1802 年间,蒂克利用在德累斯顿皇家图书馆的丰富典藏书目,对《尼伯龙根之歌》的手抄本进行了全面的解码整理。

《尼伯龙根之歌》最初成书于 1200 年前后,根据 3 到 5 世纪民族大迁徙时期的古代德意志神话和传说创作而来，是德国民间史诗中最主要的代表性作品之一。全诗结构庞大，一共包含近万诗行。这部史诗使用的是中古高地德语，蒂克意欲通过自己的编译整理让浪漫主义文学时期的德国读者都能看懂它。

蒂克称《尼伯龙根之歌》是一部真正的史诗，遗憾的是这样的鸿篇巨作在当时竟然不为德国大众所知，没有得到足够的重视。蒂克认为，从民间史诗中可以窥见一个民族的发展历史。他甚至骄傲地宣称，《尼伯龙根之歌》使得德意志成为拥有最古老史诗的欧洲民族。《尼伯龙根之歌》早于但丁的《神曲》，但是史诗中所使用的中古高地德语还不是统一的语言，在 11 世纪到 12 世纪时也还只是南部德国地区的方言。整理编译这部史诗是一项非常细致而且浩繁的工作，蒂克在整理过程中不得不一一解码中世纪手抄本中的中古高地德语，重新把它用现代德语表达出来，以便大众读者都能够看得懂。这也是蒂克在整理中古德语文学时的一贯思想：充分考虑到读者的需要、读者的教养，用通俗易懂的大众化语言形式，让所有层次的读者都能看懂，甚至连小孩也包括在内。虽然中古德语对于德国人来说不是外语，但是如不进行专门的学习和研究，那些用中古德语撰写的书籍看起来犹如读天书。为此，蒂克特地去梵蒂冈图书馆研究手写体的古高地德语，在那里手抄了近三百多页的笔记。蒂克用诗体编译的《尼伯龙根之歌》共分 109 节，只译了原诗的 39 歌中的前 14 歌。可惜的是，当时德国的图书市场上已经出版了其他用散文体编译的《尼伯龙根之歌》，出版商完全从市场的角度考虑，最终没有出版蒂克的这部编译诗集。直到蒂克逝世之后，他编译的《尼伯龙根之歌》才以未完成的断片形式得以出版。不过，经过蒂克的努力，《尼伯龙根之歌》在当时的德国确实获得了与荷马史诗同等重要的地位，对后世的德国文学影响颇大。

除了对中古高地德语文学时期的民间史诗进行编译整理，蒂克对德国中古时期的宫廷抒情诗也做了大量的搜集整理工作。宫廷抒情诗属于骑士文学，在十字军东侵时代，骑士文学逐步形成并取代了这之前占统治地位的僧侣文学的地位。由于骑士文学主要是为宫廷服务，是骑士用诗的形式向宫廷中的女主人表示爱慕之情而应尽的义务，或者是讲述优美的骑士冒险故事，因此这些骑士诗歌又称为宫廷抒情诗。正如蒂克于 1803 年编译出版的《施瓦本时代的宫廷抒情诗》(Minnelieder aus dem schwäbischen Zeitalter)①的书名中所体现的那样，德国的宫廷抒情诗顶峰时期见于南部德国施瓦本地区的宫廷抒情诗。蒂克编译的这部诗集一经出版，奥·威·施勒格尔就称赞它为“源自浪漫精神”的抒情诗，通过对德国中古时期宫廷抒情诗的搜集和整理，蒂克“致力于把德语带回到它的源头，重新赋予德语以它过去曾拥有的丰富性与力量”②。

在这部诗集的前言中，蒂克曾写了这么一段话：“假设曾经有一件很漂亮的雕塑作品，因为时间久远，现在只剩下一些残缺的碎片，可是我们仍然可以从这些碎片中发现或推测出整个雕塑作品的大概尺寸及形状。一旦我们通过努力发掘找到了全部的碎片或作品的主要残留部分，那么我们就能够尝试着真正理解作品的具体含义了。”③从蒂克的这段话中，我们可以看出，蒂克本人是如何理解早期浪漫派提出的“整体诗学”这个概念的意义。中古德语文学仅存的碎片或残留部分急需挖掘出来，重新去发现和整理，力争以完整的新面

---

① Minnelieder aus dem Schwäbischen Zeitalter, neu bearbeitet und herausgegeben von Ludwig Tieck. Mit Kupfer. Berlin 1803. Reprint Hildesheim 1966.

② 弗·施勒格尔：《论文学》，李伯杰译，载于：张玉书主编：《德语文学与文学批评》第一卷，人民文学出版社，2007 年，第 28 – 47 页。此处见第 29 页。

③ 参见 Zybura, Marek: Ludwig Tieck als Übersetzer und Herausgeber. Heidelberg 1994, S. 12.

貌呈现给德国读者，让他们真正理解自己的传统民族文化。

德国的早期浪漫派认为，对待他国文学或中古德语文学，要像研究古董的残片一样，从局部到全部进行细致的学习和总体的借鉴。凡是伟大的经典之作，无论跨语言、跨地域、跨时间，都有值得学习和借鉴的地方。因此，早期浪漫派以极大的热情去整理"国故"，发掘中古德语文学、整理民间文学，一方面是为了发掘民族文化、促进民族感情的培养；更重要的是，他们对中古德语文学的搜集整理工作，从一定意义上讲，恰恰与早期浪漫派所提倡的"世界文学"观相符。一切民族的，即是世界的，也许正是这个道理。

蒂克在从事中古德语文学译介的过程中，虽然没有明确提出自己的翻译主张，但是他深受施勒格尔兄弟的影响，致力于挖掘德国传统的文学瑰宝，并介绍给当时的德国读者。他对中古时期宫廷抒情诗的加工、整理和编译研究成果，全部体现在《施瓦本时代的宫廷抒情诗》一书中。这本"具有划时代意义"①的诗歌小册子，当时在德国引起了各界的好评。因为蒂克在翻译出版这部诗集时，也就是18、19世纪之交，德国社会仍然处于一个新、旧交替的变革时代。德国的普通读者当时还不能够重新认识中古德语诗歌的文化价值。原因之一是，18世纪末的德国从一定程度上还延续着启蒙运动时期的思想氛围，而启蒙运动的矛头是直接指向中世纪的。受此影响，大众读者的阅读鉴赏兴趣并未涉及中古德语文学。其二是因为在18世纪末期，德国文学一度奉古典主义为不朽的经典，就连在狂飙突进时期写过《少年维特的烦恼》和《铁手骑士葛兹》的歌德也借意大利之行转而研究古罗马和文艺复兴时期的意大利艺术文化。最后还有一个重要原因，当时的德国读者根本就看不懂中古时期手抄本中的古高地德

---

① Kozielek, Gerhard (Hrsg.): Mittelalterrezeption. Texte zur Aufnahme altdeutscher Literatur in der Romantik. Tübingen 1977, S. 13.

语,甚至都不知道在哪里有这样的手抄本。

在这样的时代背景下,蒂克着手整理、编译出版德国自己在中世纪的诗歌成就,应该算是早期浪漫主义文学时期发掘“国故”的一个创举。蒂克利用当时德国的各大图书馆馆藏经典,特别是德累斯顿皇家图书馆的典藏书籍,对中古德语文学进行了深入的研究。在此过程中,蒂克表现出了惊人的语言天赋,尤其对手抄本中的中古德语语言具备了非凡的解码和解读能力。

如前文所述,德国在早期浪漫主义文学时期已经出现了专门的图书市场和职业的出版商。书商们一边催促约稿,同时还得考虑市场销量。不过,蒂克这次对《施瓦本时代的宫廷抒情诗》的市场销量很有信心:在此之前,还没有人能够把中世纪时期的古德语诗歌用这种大众化的普及形式介绍给读者。蒂克采取的是大众诗歌读本编译形式,可谓独开先河。经过蒂克的翻译,原诗中的古代语言不再晦涩难懂,读者们能够从质朴的诗句行间直接了解到骑士阶层的生活以及当时社会的习俗,并从中学会尊重、学会看到自己无力企及的东西。因此,1803 年,蒂克编译整理的《施瓦本时代的宫廷抒情诗》一经出版,读者反响非常强烈,而且取得了前所未有的诗集市场销量[①]。自此,中古德语文学走出了只受专业文人学者关注的小圈子,在广大的普通读者中也竞相传阅。通过蒂克的这部诗集,中古德语文学重新走进普通读者的视野,重新被德国大众读者所发现,成为备受大众关注的文化瑰宝。

蒂克之所以能够取得这样的成就,最重要的原因在于他的普及型编译处理方法,那就是不再高高在上,不再仅仅面对所谓的风雅学士,而是直接面向普通的大众读者,让每一个喜欢诗歌的人都能够看得懂并且喜欢上自己民族的传统文化。

---

① Schweikert, Uwe (Hrsg.): Ludwig Tieck. Band II. München 1971, S. 274.

其实，早在蒂克出版《施瓦本时代的宫廷抒情诗》之前，也曾有过中古德语诗歌的新版编辑问世，但其出版方式却是两个极端：要么是从纯语文学的角度对古诗进行细致的校对再版，语言极其深奥难懂，只有少数的专业学者才会偶尔翻一翻，根本就没有起到文化推介和普及的作用；要么是大肆改动，一味地把古诗改编成当代德语，虽然考虑到了普通读者的接受能力，却彻底丧失了诗歌原有的韵味。针对这两种极端的诗歌编译处理方式，蒂克没有沿用传统的纯语文学的编译方法，而是采取了折中的翻译策略。对于原诗中一些古老的中古德语表达方法，蒂克都用现代德语予以改写，不过只是略微改动了少数几个词语，好让当时的读者看起来不至于太过陌生；凡是原诗中重复出现或模糊不清、晦涩难懂的字句，或者在当代的语言运用习惯中根本难以识别的词语，他都予以清除；而有些词语，普通读者应该能够推测出相近的意思，那就尽量保留下来。在做这种大胆的编译整理时，不可避免地会有所删减，蒂克却尽可能逐行逐句地贴近原文，基本上保持了原诗的韵律风貌①。

对于中古德语诗歌的翻译，蒂克严守他一贯的翻译原则：尽量忠实再现原诗的本来面貌及语言风格，不能有损诗歌原有的韵律美和形式美，并且从一开始编译时就确定了广大的读者群，不仅仅是针对所谓的文人学者，而是面向那些真正喜欢诗歌的爱好者们，让他们能够从中领略到中古德语诗歌的独特魅力。蒂克为了达到真正的普及效果，专门给《施瓦本时代的宫廷抒情诗》附了长达30多页的出版说明，并一再强调说，不懂诗歌的人会认为最美的诗也只不过是一种幼稚的文字游戏，而那些真正热爱诗歌的读者则能够从诗歌的字里行

---

① Kozielek, Gerhard (Hrsg.): Mittelalterrezeption. Texte zur Aufnahme altdeutscher Literatur in der Romantik. Tübingen 1977, S. 14.

间体会到其中所蕴涵的最优美的旋律[1]。蒂克在发掘中古德语文学作品时,首先就是对原文内容的尊重和形式上的忠实。

除了从语言风格上保持中古德语诗歌的内蕴风采,蒂克还对《施瓦本时代的宫廷抒情诗》进行了外在形式上的统一。比如,他在全书中首次采用了统一的标点符号,对所有的诗行和段落进行重新编排和整齐划分,所有的名词首字母都统一大写。甚至在新出版的诗集中,字体的选择也与众不同。在此之前,传统的诗集大多采用圆体的拉丁字体,而蒂克的这部抒情诗集则取而代之以哥特花体活字,更易于读者阅读。

《施瓦本时代的宫廷抒情诗》整部诗集长达三百多页,一共包括220首抒情诗,多为宫廷里的王侯将相们传下的爱情诗,有一部分为逸名。开篇第一首诗据传是亨利六世[2](Kaiser Heinrich VI. ,1165 – 1197)献给心仪对象的情诗。经过蒂克的编译整理,这首抒情诗语言生动简练,节奏整齐优美,韵律采用 ababccc(süssen, mag, grüβen, Tag, ihr, hier, mir)的格式,属于浪漫主义文学时期常见的非古典十四行诗[3]形式,符合当时大众读者的阅读水平和审美情趣:

---

① Minnelieder aus dem Schwäbischen Zeitalter, neu bearbeitet und herausgegeben von Ludwig Tieck. Mit Kupfer. Berlin 1803. Reprint Hildesheim 1966. S. XVI.

② 霍恩斯陶芬王朝的德意志国王(1190 年 – 1197 年在位)和神圣罗马帝国皇帝(1191 年加冕)。

③ 古典的十四行诗源自意大利,多为前 8 句后 6 句,格律严谨,韵牌为 abba, abba, cdecde 或 cdccdc。意大利十四行诗传入英国之后,结构有所改变,分为 3 段四句加最后两句,韵牌一般是 abab, cdcd, efef, gg 或 abab, bcbc, cdcd, ee。莎士比亚据此创作了大量的十四行诗。德国的非古典十四行诗则打破了古典诗的格律布局,韵牌为 ababccc,多为四段。

Gruβ an die Geliebte[①]

Kayser Heinrich

Ich grüβe mit Gesange die süssen,
Die ich vermeiden nicht will und nicht mag,
Da ich sie von Munde rechte mochte grüβen,
Ach, leider! Das ist mancher Tag:
Wer nun dieses Lied singe von ihr,
Die ich vermeide so unsänftlich hier,
Es sei Weib oder Mann, der habe sie gegrüsset von mir.

Mir sind die Reich´und Land´unterthan
Wenne ich bei der Minniglichen bin,
Und wenne ich nun scheide von dann
So ist mir alle mein´Gemalt und mein Reichthum dahin,
Nur sehnlichen Kummer zähle ich mir dann zur Habe,
So kann ich an Freuden steigen auf und auch abe,
Und bringe den Wechsel, wie ich wähne, um ihre Liebe zum Grabe.

Da ich sie nun gar so herziglichen minne,
Und sie ohne Wanken zu allen Zeiten trage
Beide im Herzen und auch im Sinne,
Untermeilen mit viel mannicher Klage:
Was gibt mir darumme die Liebe zum Lohne?

---

① Minnelieder aus dem Schwäbischen Zeitalter, neu bearbeitet und herausgegeben von Ludwig Tieck. Mit Kupfer. Berlin 1803. Reprint Hildesheim 1966. S. 39. 目前该诗还没有中译文版本。

Da bietet sie mir's so rechte schöne,
Eh ich mich ihrer verzieh´, ich verziehe mich eh der Krone.

Der sündet schwer, der das nicht glaubet,
Daβ ich möchte erleben mannichen lieben Tag
Ob auch nimmer Krone käme auf mein Haubet:
Des ich mich an sie nicht vermessen mag;
Verlör´ich sie, was hätt´ich danne?
Da taugte ich zu Freuden weder Weibe noch Manne,
Und wäre mein bester Trost beides geächtet und im Banne.

所有这些改革性的举措都重新改写了中古德语文学的编译传统,完全从普通读者的角度出发,充分考虑到他们的诗歌阅读和接受水平,有利于中古德语文学的重新发掘和推广。蒂克的这种古诗编辑和翻译模式在德国一直被后世沿用下来。

蒂克在编译整理中古德语文学作品时,力争从美学和语言形式上再现原诗的韵律美。同时,蒂克也充分考虑到了当时德国读者的接受认知水平,只要是真正喜欢诗歌的读者,无须具备任何中古德语语言知识或相关背景知识,都能够看得懂他编译的诗集。在此之前,德国还没有出现过类似的、专门面对普通读者的中古诗歌或文学作品,正是有了蒂克的这部《施瓦本时代的宫廷抒情诗》,读者才得以从质朴的宫廷抒情诗中直接了解到中古时期的宫廷贵族阶层、骑士阶层的真实生活状况和当时独特的生活习俗等。在此之后,海德堡浪漫派的代表人物阿尔尼姆(Achim von Arnim, 1781 - 1831)与布伦塔诺合作共同编写的民歌集《男童的神奇号角》(Des Knaben Wunderhorn, 1806 - 1808),更是将德国民间诗歌的搜集编写工作继续传承,对后世的德国诗歌创作产生了深远的影响。

蒂克编译出版的《施瓦本时代的宫廷抒情诗》使普通读者对中古德语的宫廷文学有了重新的认识。在当时的德国社会发生巨大变化的特殊历史时期，这部小小的诗集传递给德国大众读者一种全新的思维模式，引导他们树立民族文学的意识，使他们对历史上的德语文学作品重又产生了阅读的兴趣，并且从中真正认识到宫廷抒情诗、骑士文学以及新兴市民文学的文化价值，为日后的中古德语文学的研究树立了方法论上的指导意义。在这部诗集的出版说明中，蒂克对德国宫廷文学所产生的年代作了更详细的界定和划分，他认为德国宫廷文学应该正式始自费尔德克（Heinrich von Veldeke，1140？—1200？），而结束于13、14世纪之交的时期。迄今，德国的宫廷抒情诗研究大多还沿用这种时代划分方法。同样，对于德国14到16世纪手工业行会工匠创作的工匠诗歌（Meistergesang，1250－1550。中世纪的工匠作为业余活动创作出丰富的抒情诗和叙事谣曲，以适应市民阶层的需要。代表人物是汉斯·萨克斯），蒂克也在《施瓦本时代的宫廷抒情诗》的出版说明中作了具体的解释，称之为“手工业行业者的手工艺术品”①。在今天的很多关于文学的权威工具书里，对工匠诗歌的解释和定义仍然受着蒂克的影响②。

诚然，蒂克在《施瓦本时代的宫廷抒情诗》这部小小的诗集中未能顾及到中古德国宫廷抒情诗在各个发展阶段的所有重要成果，而且由于篇幅所限，不免有些简化，但是从德国当时的情况看，《施瓦本时代的宫廷抒情诗》算得上是在中古德语文学研究方面首开先河的创举成就，蒂克对此也功不可没。

---

① Minnelieder aus dem Schwäbischen Zeitalter, neu bearbeitet und herausgegeben von Ludwig Tieck. Mit Kupfer. Berlin 1803. Reprint Hildesheim 1966. S. XX.

② Schweikle, Günther / Schweikle, Irmgard (Hrsg.): Metzler - Literatur - Lexikon. Stichwörter zur Weltliteratur. Stuttgart 1984, S. 280.

蒂克还以他广阔、精深的中古德语语言知识编译整理了早期宫廷史诗《洛泰尔国王》(König Rother, 1150)。《洛泰尔国王》是一部具有骑士文学倾向的无名氏史诗,完全依靠浪游的行吟诗人才得以流传下来。早在蒂克之前,曾经有人尝试着重新编译这部史诗,但是往往刚开头就不得不知难而退,主要是被诗中古老而生涩的语言所吓倒。蒂克对全诗进行细致的修复和整理,最先在德国用现代德语把《洛泰尔国王》全文解读出来,算得上是一项惊人的研究成果。不过,由于蒂克不主张对史诗进行纯语文学式的编译,这部史诗最终并未出版,蒂克只是把它提供给别人作为一手资料进行纯语文学的加工处理。

对于其他的中古德语诗歌,蒂克尝试着编译了中世纪晚期的民间诗集《英雄传》(Heldenbuch)以及骑士史诗《特里斯坦和依绍尔德》(Tristan und Isolde, 约1210年)。这两部作品最终由于各种原因,都未能正式出版。但是,通过蒂克的编译整理,《特里斯坦和依绍尔德》在当时的德国逐渐被重新发现,后来海涅甚至称它是中世纪最美的诗歌,而诗歌的作者斯特拉斯堡(Gottfried von Strassburg, ? - 1215?)也许是中世纪最伟大的诗人①。这样高度的评价与德国早期浪漫主义文学时期的编译整理和推介工作息息相关。

蒂克对中古德语文学的研究,除了上文所提到的中世纪诗歌之外,后期他还编辑出版了两卷本的《德国戏剧》(Deutsches Theater, 1817)。在这部著作中,蒂克经过细致的调查研究,介绍、评述了包括萨克斯(Hans Sachs, 1494 - 1576)、奥皮茨(Martin Opitz, 1579 - 1639)、格吕菲乌斯(Andreas Gryphius, 1616 - 1664)等16、17世纪的德国戏剧作品。因为16、17世纪的德语语言更接近现代德语,所以较之中世纪的史诗来说,更容易看懂,面对的读者群也就更广。这正

① 海涅:《浪漫派》,薛华译,上海人民出版社,2003年,第18页。

好符合蒂克的出版目的，为那些有教养的戏剧爱好者推广16、17世纪的戏剧作品。

在这部作品中，蒂克专门谈到了德国戏剧的发展现状。德国当时没有像英国或西班牙那样拥有一个统一的文化中心，不具备产生经典的基础，故此德国一直都未能拥有自己的伟大戏剧作品。其实，早在文艺复兴之前，德国曾经拥有过自己的诗人和出色作品；比较而言，当时意大利的佛罗伦萨还只是一个不怎么出名的小地方。但是，意大利的文化在文艺复兴时期达到了一个发展高潮，特别是在诗歌和语言艺术方面，把德国远远地抛在了后面，德国的文学只剩下寓言故事、滑稽笑剧、狂欢节的民间讽刺剧等，内容低俗平庸，语言贫乏、粗糙。同时，在这部《德国戏剧》中，蒂克详细论述了英国戏剧的特点，认为莎士比亚的英格兰戏剧使戏剧这种文学形式达到了一个前所未有的顶点。虽然莎剧是一定历史发展阶段的产物，却又给现代人以艺术享受，甚至提供了一种高不可及的范本。蒂克"热情地维护莎士比亚的统一性、不可分割性和不可触犯性，他主张把莎士比亚的剧本不经编辑，不经改动，从头到尾原样搬上舞台。"①德国的戏剧要想取得发展，必须借鉴英国伊丽莎白时代的戏剧以及莎士比亚的作品，莎士比亚戏剧才是真正的典范。

蒂克对中古德语文学的挖掘和编译，在19世纪初的德国可谓是正确预见到了时代发展的趋势，而且及时抓住了时代机遇，不愧为德国早期浪漫主义文学时期对中古德语文学重新发掘的主要倡导者之一。在1801年到1816年长达15年的时间里，蒂克以其独有的编译整理方式，努力挖掘中古德语文学的精华，把中古德语文学的伟大作品再次呈现给普通的德国读者，为振兴德国民族文学立下了一份功绩。

---

① 歌德：《论文学艺术》，范大灿等译，上海人民出版社，2004年，第344页。

二、蒂克对西班牙文学的翻译与研究

如前所述，德国早期浪漫主义文学不再对古希腊、罗马时期的文化顶礼膜拜，转而非常重视拉丁语国家的文学，特别是意大利和西班牙的文学①。而早期浪漫主义文学的代表人物之一蒂克则尤其对西班牙文学情有独钟。蒂克翻译的《堂·吉诃德》(Don Quijote) 德译本第一部分分四册出版于1799至1801年之间，是德国早期浪漫主义文学时期文学翻译的代表作品之一。弗·施勒格尔曾专门为此写了评论，对蒂克的德译本大加赞赏②。就连一向挑剔的海涅也称蒂克的《堂·吉诃德》翻译得尤其成功，“没有人能像蒂克那样，把拉·曼却地方的精明骑士所具有的痴疯威仪理解得这么好，再现得那么忠实”③。

早在哥廷根上大学期间，蒂克就开始学习西班牙语。当时，哥廷根大学的西班牙语言文学研究在德国首屈一指，因此，原本攻读哲学的蒂克也对西班牙语言文学产生了浓厚的兴趣。在当时，德国读者对西班牙文学还不太熟悉。最先把西班牙文学介绍给德国读者的是赫尔德。赫尔德曾经对德国民歌和欧洲民歌进行过搜集整理，这其中就包括对西班牙民歌的翻译介绍，他的译作直接影响到后来浪漫主义文学时期的西班牙文学作品翻译。

蒂克学习西班牙语始于1792年，最开始他学习西班牙语的初衷只是对西班牙语文学感兴趣，还没有想到日后会从事西班牙文学作品的翻译。其实，德国在18世纪70年代就已经有了完整的《堂·吉

① Hoffmeister, Gerhart: Spanien und Deutschland. Geschichte und Dokumentation der literarischen Beziehungen. Berlin 1976, S. 123.

② 施勒格尔:《浪漫派风格——施勒格尔批评文集》，李伯杰译，华夏出版社，2005年，第146－148页:评蒂克的《堂·吉诃德》德译本。

③ 海涅:《浪漫派》，薛华译，上海人民出版社，2003年，第142页。

诃德》德译本,译者是弗·贝尔图赫[①]。他翻译的《堂·吉诃德》是第一部直接译自西班牙语原文的德译本。虽然他在翻译过程中对原著的很多章节和诗体段落进行了大量的压缩处理,但是其译作仍然成为当时的德国读者最初了解这部巨著全貌的一个重要依据。蒂克在柏林上中学期间就已经是一位文学爱好者,并且阅读过贝尔图赫的《堂·吉诃德》德译本,对此留下了深刻的印象。

蒂克本人在学习西班牙语的过程中,最先读到的西班牙语原文作品是塞万提斯(Miguel de Cervantes,1547 - 1616)的短篇小说集《训诫小说》[②]。通过阅读西班牙语文学原著,蒂克的西班牙语言和文学知识突飞猛进,为日后翻译《堂·吉诃德》奠定了坚实的基础。另外,蒂克对西班牙文学的研究远不止塞万提斯的作品,还包括其他代表性作家如卡尔德隆和维加的作品。

塞万提斯的长篇小说《堂·吉诃德》是欧洲文艺复兴时期的现实主义巨著,创作于1600年至1614年间,作品在西班牙一经出版,深受广大读者欢迎。主人公堂·吉诃德是个没落的绅士,却有着不可动摇的信仰,他坚决相信,超越了他自身的存在,还有永恒的、普遍的、不变的东西;这些东西须一片至诚地努力争取,方才能够获得[③]。为此他情愿牺牲自己,一心要求实现一个现实世界所不容实现的理想。堂吉诃德是一个身穿古代甲胄、将幻想当现实的喜剧人物,同时又是受到历史嘲弄的悲剧英雄。作者塞万提斯把悲剧和喜剧两种因素巧妙地糅合在一起,让伟大的主题寓于诙谐和轻松之中,使得堂·吉诃德滑稽而令人敬佩的骑士之旅既让人忍俊不禁,又叫人为之落

---

① Friedrich Justin Bertuch,于1775 - 1777年直接从西班牙文翻译出版了《堂·吉诃德》的德译本。

② 西班牙语原文叫做Las novelas ejemplares,也有译作《模范故事》或《惩恶扬善故事集》,见怀文(主编):《外国文学名著赏析词典》,浙江文艺出版社,1997年,第734页。

③ 塞万提斯:《堂·吉诃德》,杨绛译,人民文学出版社,2003年,译者序第7页。

泪。对于这位充满奇情异想的西班牙绅士身上所表现出来的悲剧精神，弗·施勒格尔称其为“悲剧性的荒谬”或“悲剧性的傻气”①。塞万提斯在小说中采用了为群众所喜闻乐见的滑稽、幽默、嘲讽、夸张等多种艺术手法，以“笑”为主要的艺术手段，收到了强烈的效果。小说的语言生动，富有表现力，有时庄重，有时诙谐，有时含蓄，有时明快，充满了想象力的机智风趣和大胆虚构。塞万提斯一扫骑士小说里惯用的华而不实的绮丽文体，采用了西班牙人都容易接受的口语形式，使小说的语言和它所要表现的内容和谐一致，形成了浓郁的民族语言风格②。也许正是因为这一点，德国的早期浪漫主义者对这部作品尤为关注。

在蒂克翻译《堂·吉诃德》之前，德国曾经有过或完整或节选的若干德译本。最早的节选德译本出现于1648年，虽是根据西班牙语原文译出，却不过是一些零星的段落。启蒙运动时期，德国曾出现过转译自法文译本的《堂·吉诃德》德译本，内容极为压缩，主要是介绍书中的故事梗概。较为完整的德译本则是上文所提到的贝尔图赫译本，直接从西班牙语翻译成德语，分六册出版于1775至1777年间。同样，贝尔图赫在翻译《堂·吉诃德》时，其翻译方法也受到了启蒙运动的影响③，注重故事情节，译者可以凭着自己的理解对原文进行增删或改动，表达非常直白。不过，所有这些译本都使德国读者对塞万提斯有了一些初步的了解。其实，从某种意义上来说，文学作品的翻译也相当于一种文学创作，即使是同一原著，因译者不同，译文也大

---

① Eichner, Hans (Hrsg.): Literarische Notizen 1791 - 1801. Frankfurt / M., 1980, Nr. 2050, S. 202f.

② 李玉龙(编著):《世界文学经典导读》欧洲卷，武汉出版社，1996年，第51页。

③ Poltermann, Andreas: Die Erfindung des Originals. Zur Geschichte der Übersetzungskonzeptionen in Deutschland im 18. Jahrhundert. S. 18. In: Schultze, Brigitte (Hrsg.): Die literarische Übersetzung. Fallstudien zu ihrer Kulturgeschichte. Berlin 1987, S. 14 - 52.

不一样。另外,不同时代的翻译仍然各有自己当时的共同时代特点和着眼点。因此,蒂克的《堂·吉诃德》德译本是德国早期浪漫主义文学时期极富时代特色的文学翻译代表作品之一。

塞万提斯作为一个眼光敏锐的人文主义作家,提倡尊重人和人的意志,向往自由、平等和正义。他在《堂·吉诃德》中对人物的塑造细致入微,特别是对主人公堂·吉诃德及其仆人桑丘·潘沙的典型刻画可谓栩栩如生、含义深邃。作为西班牙文学的代表作品,《堂·吉诃德》标志着巴洛克时期西班牙文学的发展巅峰。堂·吉诃德是在西班牙严酷现实下一个以特殊方式宣扬人文主义思想的艺术形象,他既可笑又可敬,既滑稽又严肃,既是喜剧人物又是悲剧人物。他这一形象的矛盾性既无情地讽刺了骑士文学,又巧妙地赞美了人文主义思想,体现了时代精神[①]。

塞万提斯在这部作品中展现出来的丰富想象力、机智风趣和大胆虚构能力备受德国早期浪漫主义文学所推崇。把这部伟大的文学作品完整地介绍给德国读者,也成为了早期浪漫主义者义不容辞的责任和义务。弗·施勒格尔在《评蒂克的〈堂·吉诃德〉德译本》中将塞万提斯誉为"不朽的作家"[②],他认为西班牙人的艺术史几乎就浓缩在塞万提斯这个巨人的艺术形象之中,而其他西班牙作家的作品似乎不过是替他作铺垫、对他进行诠释和补充而已。

蒂克开始翻译《堂·吉诃德》是在1798年底。此前他曾对英国文学和西班牙文学有过专门的研究,而且他在文学创作上已经成果甚丰:发表过长篇小说《威廉·洛弗尔》(William Lovell, 1795-1796)和《弗兰茨·斯泰恩巴尔德的漫游》(Franz Sternbalds

---

① 李明滨(主编):《世界文学简史》,北京大学出版社,2002年,第55页。

② 施勒格尔:《浪漫派风格——施勒格尔批评文集》,李伯杰译,华夏出版社,2005年,第146-148页:评蒂克的《堂·吉诃德》德译本。

Wanderungen, 1798),还有一系列的民间童话(Volksmärchen, 1797)和艺术童话等作品。这些成果都为蒂克带来了一定的文学声誉,也使得蒂克在当时的《堂·吉诃德》翻译人选竞争中脱颖而出,成为众望所归。

塞万提斯在《堂·吉诃德》中夹杂了大量的诗歌段落,要想以诗体形式再现这些韵律,译者必须拥有足够的文学功底和诗歌翻译能力。由此足见,翻译《堂·吉诃德》不是一项简单的任务。而恰恰是在这一年,与蒂克交往多年的好友瓦肯罗德不幸因病英年早逝,给蒂克造成了极大的心理打击。最为紧迫的是,当时德国的图书市场完全商业化,图书出版商从市场的角度考虑,在约稿合同里严格规定了交稿时间以及作品体例格式等。要在规定的时间里翻译完成鸿篇巨制《堂·吉诃德》,又要保证达到出版商的要求,同时还要保证翻译质量,绝非易事。

在巨大的时间压力下,蒂克参考了不同的西班牙语原文版本和此前已有的德文译本,特别是参照了贝尔图赫的德译本,尽量忠实原文,保持原文中诗体段落的语言特色。同时,蒂克还得到了施勒格尔兄弟的大力支持,文学杂志上经常有他们的文章为蒂克的翻译工作做宣传或对他的译文发表评论。

塞万提斯的《堂·吉诃德》吸取了拉丁文古典小说、西班牙民歌、田园小说、传奇小说、流浪汉小说和骑士小说的一些风格,语言生动明快,艺术手法多变。在《堂·吉诃德》中,塞万提斯的散文也富有诗意,蒂克成功地再现了这些极富现代色彩的散文特质——“总是那样高贵,总是那样娇媚,有时它把最深邃的洞察力推向最高峰,而有时又误入孩童般美妙天真的嬉戏。正是由于这个原因,西班牙散文恰好适于小说及与小说有血缘关系的艺术种类,因为小说的使命就是要给生命的音乐装上想象的翅膀,一如古人的散文适合修辞和历史的作品一样。”[1]蒂克深谙这些特点，懂得如何用德语来忠实再现西班牙语原作中的整体印象和精神，保持了原作中的诗意和韵律，极具西班牙情趣。与以前的德译本不同的是，蒂克按照原文翻译了《堂·吉诃德》中的诗体段落，每一首诗都尽量再现原有的诗韵形式。塞万提斯的作品中常常使用十四行诗的韵脚[2]，而且大多是双音节韵，蒂克在翻译这些诗歌时都能够巧妙地找到押韵的德文译法。诗歌的翻译一定要再现韵律，这一点正是浪漫派坚持的文学翻译方法[3]，他们不再仅限于介绍主要故事情节，同样也追求严格的诗韵格律。

西班牙语原文的《堂·吉诃德》中的诗歌还有一个特点，那就是准押韵（只有元音押韵，Assonanz）。这主要是因为西班牙语的语言中富含元音，准押韵现象非常普遍。而德语和西班牙语并非同族语言，德语中很难得碰上以元音结尾的词尾。因此，在翻译西班牙语诗歌时，准押韵是个大难题，要求译者具有非常高的语言水平及诗律造诣。蒂克在翻译《堂·吉诃德》时，在准押韵方面也做出了首开先河的典范，甚至还影响到了浪漫派其他代表作家的创作，并在布伦塔诺的作品《花冠传奇》（Romanzen vom Rosenkranz）中达到高潮[4]。

---

① 施勒格尔：《浪漫派风格——施勒格尔批评文集》，李伯杰译，华夏出版社，2005年，第148页。

② 即 abba abba cde cde.

③ Schlegel, August Wilhelm: Sämtliche Werke. Hrsg. von Eduard Böcking. Bd. 12, S. 246.

④ Staub, Margret: Die spanische Romanze in der Dichtung der deutschen Romantik. Hamburg 1970, S. 102ff. Clemens Brentano: Romanzen vom Rosenkranz. (Hrsg.): Alphons M. von Steinle, Trier: Petrus – Verlag, 1912. S. 73. Romanze VI: Pietro（韵脚多以元音为结尾）

Sieh, es schürzet Rosablanke
Sich ihr Röcklein vor dem Tore,
Rückt den Korb, daβ er nicht wanke,
Sich bequemer auf dem Kopfe.

蒂克翻译的《堂·吉诃德》第一部分刚一发表，弗·施勒格尔就发表了相关评论，认为蒂克的德译本具有两大特点：首先，蒂克的译本直接从西班牙语原文完整译成德语，此前的德译本或译自法语译本，或在故事情节上有大量的压缩处理；其次，蒂克的译文忠实于原文，特别是他对原作中的诗歌翻译，在外国文学作品的德译本中堪称典范。蒂克的《堂·吉诃德》德译本足以说明，“他怎样成功地模仿出并尽可能惟妙惟肖地达到了原作的口吻和色彩的效果。许多看起来不可译的地方，也都令人惊讶地成功地得以表现出来。虽然译文出于整体色调的考虑，的确追求精确性，然而却决不在细部上谨小慎微地拘泥于原文”①。

关于诗歌韵律的再现，奥·威·施勒格尔坚持认为：如果要把外国文学作品中的诗歌翻译成德语，必须严格遵守原诗的韵律。这也是早期浪漫主义文学一贯主张的文学翻译观。奥·威·施勒格尔提出的这种翻译方法在当时确实有其可取之处。一般来说，阅读德语译文的普通读者都不懂外语原文，对于源语语言的特点也不怎么了解，因此，好的德语译文一定要尽量保持源语语言的特点，以便使读者们通过阅读来了解源语国家的语言和文化。早期浪漫派坚持认为，德语语言本身具有独特的曲折性和丰富的可搭配性，这就决定了德语非常适合作为译入语，特别是在翻译诗歌时，德语都能做到押韵，保持原诗的韵律②。后来，歌德也非常赞同浪漫派的这一观点。他从德语语言的这种独特性中看到：德语具有很大的灵活性，使得德文译文对原文都很忠实而且完整③。

---

① 施勒格尔：《浪漫派风格——施勒格尔批评文集》，李伯杰译，华夏出版社，2005年，第146页。

② Huyssen, Andreas: Die frühromantische Konzeption von Übersetzung und Aneignung. Zürich 1969, S. 152f.

③ 爱克曼（辑录）：《歌德谈话录》，人民文学出版社，2003年，第49–52页。

蒂克在翻译塞万提斯的《堂·吉诃德》时,对大量穿插在其中的诗歌、故事以及逸事等都尽量忠实再现其原有的韵律。弗·施勒格尔在评论蒂克的《堂·吉诃德》德译本时,认为“韵律在塞万提斯的诗作里一向很重要,故而在模仿这个韵律而作的诗句里,蒂克译本牺牲了一些感觉上的精确性。读者在这里所能希冀于译者的,可以从第417页译得堪称典范的诗中见出。在格利索斯托莫的诗里,整体的语气也译得恰到好处。愈到后来,译文中的散文也愈见高雅、愈有西班牙情趣,个别的生硬之处也愈少。”①

在浪漫派眼里,《堂·吉诃德》的文学形式正是他们渐进的整体诗学在小说中的体现。弗·施勒格尔在《谈诗》(Gespräch über die Posie,1800)中的《小说书柬》(Briefe über den Roman,1800)里甚至提到,小说就是由叙述故事、吟唱歌曲和其他一切不同形式组合在一起的混合物②。蒂克在评述《堂·吉诃德》时也认为这部著作具有讽刺和诗意的双重特征。在这部小说中,情趣、诙谐、严肃、滑稽、诗意和机智、超凡的想象力以及真实的生活写照等都集中混合在一起。正是因为其特有的文学表现形式,使得塞万提斯的《堂·吉诃德》在早期浪漫主义文学时期的德国备受重视。弗·施勒格尔推崇其为“唯一绝对浪漫的小说”③。塞万提斯也因此被整个浪漫主义文学奉为典范作家。他的小说《堂·吉诃德》对德国浪漫主义文学理论的形成起着不可或缺的作用。通过蒂克的翻译,德国读者们对这部小说及

① 施勒格尔:《浪漫派风格——施勒格尔批评文集》,李伯杰译,华夏出版社,2005年,第146页。有关格利索斯托莫的诗详见:杨绛(译):《堂吉诃德》(上册)第十四章“格利索斯托莫的伤心诗篇,旁及一些意外的事”,北京:人民出版社,2003年。

② Schlegel, Friedrich: Brief über den Roman. S. 251f. In: Die deutsche Literatur in Text und Darstellung. Bd. 8: Romantik I. Hrsg. von Hans – Jürgen Schmitt. Stuttgart 1977, S. 242 – 254.

③ Eichner, Hans (Hrsg.): Literarische Notizen 1791 – 1801. Frankfurt / M., 1980, Nr. 1096, S. 121.

其作者有了更深入的认识和了解。

蒂克在世期间，他翻译的《堂·吉诃德》又再版了三次，而且在他之后的大多数《堂·吉诃德》德译本，都以蒂克的译本为参照。

三、蒂克对英国文学的翻译与研究

如本书第三章所述，德国早期浪漫主义文学时期对英国文学的译介与研究，首当其冲的是奥·威·施勒格尔对莎士比亚作品的翻译和介绍。继施勒格尔之后，蒂克作为莎士比亚解说者也做出了很有影响的贡献。蒂克在翻译、介绍西班牙文学的同时，也对英国文学颇感兴趣，并专门对莎士比亚的戏剧作品进行了较为系统的研究。他曾发表了《剧评专页》(Dramaturgische Blätter)，在当时的戏剧爱好者和演员中间引起极大轰动。诗人海涅对蒂克的这部作品曾给予了中肯的评价：从蒂克对莎士比亚剧中人物性格的评述，我们甚至可以随处遇到蒂克先生的旧作中永远使人惊叹并乐于承认的那种诗的构思能力①。

蒂克对英国文学的广泛接触始于早年间的中学时期。为了掌握英语这把"金钥匙"，以便打开通往英国文学宝库的大门，蒂克潜心学习英语，博览英国文学名著。1792 年至 1794 年，蒂克在哥廷根大学上学期间，对英语语言文学进行了系统的学习，为他日后从事英国文学的研究积累了丰富的知识和资料。后来，正是因为蒂克对英国文学的译介和系统评述，享有"浪漫主义文学之王"的蒂克一度还被尊称为"德国的英语语言文学之父"②。

---

① 海涅:《莎士比亚的少女和妇人》，绿原译，上海文艺出版社，2007 年，第 29 页。

② Lüdeke, Henry: Ludwig Tieck und das alte englische Theater. Ein Beitrag zur Geschichte der Romantik. Hildesheim 1975, S. 185.

上文曾经提到过，哥廷根大学的西班牙语言文学研究在 18 世纪的德国处于佼佼者地位，除此之外，哥廷根大学的英语语言文学研究也堪称一流。蒂克在这里对莎士比亚的作品进行了深入的学习，包括莎剧创作的背景以及相关作品的各类二手资料等，他都一一作了系统的学习和研究。

在哥廷根大学学习期间，蒂克着手尝试翻译了一些英国文学作品，但都只是一些练笔片断，并未正式发表。为了顺应 19 世纪末在德国掀起的莎士比亚作品翻译和阅读大潮，蒂克也曾经有过宏大的莎氏作品翻译计划，试图翻译莎士比亚的戏剧作品。1796 年，蒂克独自翻译完成了莎士比亚的《暴风雨》。（The Tempest，德译名 Der Sturm 部分章节）这是一部诗体译作，在当时的文学评论界受到了好评。奥·威·施勒格尔在《文学汇报》对蒂克的德译本发表了评论文章。当时两人并不相识，但施勒格尔在评论中认为蒂克的诗体译本忠实了原文的韵律形式，并因此称蒂克为“真正做诗的诗人”。此后，蒂克对莎士比亚的作品进行了专门的研究和评述，并与奥·威·施勒格尔合译了莎士比亚的部分戏剧。只是当时，奥·威·施勒格尔的莎剧翻译已经硕果累累、独领风骚，他翻译出版的 11 部莎士比亚的主要作品都备受读者欢迎。于是，蒂克转而专门从事对英国文学作品的系统研究，撰写了大量的论文，主要是评述莎士比亚的十四行诗和戏剧作品，也有对奥·威·施勒格尔译著的评述。在《关于莎士比亚的通信》（Briefe über Shakespeare，1800）中，蒂克对于奥·威·施勒格尔在莎剧翻译方面所取得的巨大成就以及他在德译本中展现出来的语言天赋赞不绝口，认为他所翻译的莎剧译本称得上是所有从外语译成德语的译作中真正的绝佳译作①。

---

① Zybura，Marek：Ludwig Tieck als Übersetzer und Herausgeber. Heidelberg 1994，S. 94.

蒂克对英国文学的研究，主要是对莎士比亚的戏剧作品进行深入、系统的研究，并特别撰文《关于莎士比亚的通信》。1800 年，奥·威·施勒格尔翻译出版了《莎士比亚全集》的前六卷之后，鉴于蒂克对莎士比亚的深入研究和了解，有意让蒂克接下来继续翻译莎氏的其他作品，但最终因蒂克当时忙于其他事物，未能完成。

在浪漫主义文学中、后期，蒂克仍然在从事英国戏剧的翻译与研究工作，编辑出版了《古代英格兰戏剧》（Alt-Englisches Theater，1811），其中收录了英国伊丽莎白时期的一系列英国戏剧，包括《约翰王》（The Tragedy of King Lear，德译名 König Lear）、《李尔王》（The Life and Death of King John，德译名 König Johann）等旧剧，并在前言中详细论述了莎士比亚戏剧与当时的时代和社会发展的密切关系。正是因为莎士比亚与他所生活的时代融为一体，他的作品才会如此富有生命力。在此基础上，蒂克后来又编辑出版了《德国戏剧》[①]，明确指出德国戏剧的发展应以英国戏剧，尤其是莎士比亚的戏剧为范本，同时还要突出自己的民族特色。

晚年时期的蒂克依然在莎氏作品翻译上辛勤劳作，并于 1836 年翻译出版了莎氏的四部戏剧作品，这其中包括浪漫主义文学早期与奥·威·施勒格尔合译的《理查三世》（The Tragedy of King Richard Ⅲ，德译名 König Richard Ⅲ）以及其他三部新增的译本。蒂克参与部分翻译并编辑出版的莎氏作品，从翻译的角度看，并不比奥·威·施勒格尔所选的王侯历史剧目好翻译。在翻译这些作品时，蒂克力求从内容和形式上忠实于原作，并以奥·威·施勒格尔的莎剧译本为范本，尽量保持译作韵律形式的优美和作品内容的完整。蒂克因此得到了德国读者的极大好感。

---

① 详见本章第一节第一部分的相关内容。

其实,比较蒂克和奥·威·施勒格尔对莎氏作品的译介,会发现两者略有不同。当初,奥·威·施勒格尔首先着手选译的是莎氏的主要代表作品,而且所选剧目多是王侯历史剧,意欲推动莎士比亚作品在德国的译介,最终目的是促进培养德国民族意识的形成,便于读者们模仿、学习,继而矫正德国文学对法国文学的一度盲目崇拜以及德国古典文学时期对古希腊、罗马文化的顶礼膜拜。而蒂克则在此基础上,对莎士比亚作了全面、系统的语文学研究,包括莎氏其人及其文学创作,并撰写了大量的译介评述文章,增译、编辑出版了莎士比亚德译本全集,让德国的普通读者对莎士比亚有了进一步的全面了解。因此,在19世纪20、30年代,蒂克一度被称为德国的"英语语言文学之父"。蒂克坚信,他所增选译介的莎氏剧目同样是在促进莎士比亚在德国的全面传播,特别是有助于发展德国自己的民族戏剧。关于这一点,蒂克在他的《剧评专页》(Dramaturgische Blätter)中著有专文,评论莎士比亚戏剧特点对德国民族戏剧的影响。莎士比亚的戏剧大都取材于历史记载、旧有剧本、小说、编年史或民间传说等已有的材料,但在改写中注入了自己的思想,给旧题材赋予新颖、丰富、深刻的内容,反映了封建社会向资本主义社会过渡的历史现实,宣扬了新兴资产阶级的人道主义思想和人性论观点。因此,我们可以说,奥·威·施勒格尔在德国早期浪漫主义文学时期的莎士比亚作品翻译是其"世界文学"观的初步体现,而蒂克则通过对莎士比亚的系统研究和评述将这一"世界文学"观发展到极致,并最终达到翻译和借鉴的目的,促进了德国民族文学的发展。

蒂克首先整理出版了奥·威·施勒格尔先前翻译而未发表的莎剧作品,当然其中主要仍是王侯历史剧。之后,为了系统、完整地译介莎士比亚,蒂克在其长女多萝特娅及好友的帮助下,合力翻译、编辑、出版了包括《辛白林》、《麦克白》、《雅典的泰门》、《冬天的故事》、《李尔王》等施勒格尔未竟之作或没有翻译的莎氏作品，陆续在19世纪30年代结集出版。

其中，蒂克主要是参与编辑和合译，他本人只独立完成了一部莎氏戏剧作品的翻译，其他的莎氏作品则转由蒂克的女儿多萝特娅·蒂克和鲍迪逊伯爵等人合作完成（具体详见本书附录二的列表内容）。在他们的共同努力下，除了先前由奥·威·施勒格尔翻译出版的17部莎士比亚戏剧作品之外，另外20部莎氏戏剧作品也全部被翻译成了德语。

蒂克独立翻译完成的《泰尔亲王配瑞克里斯》（Perikles, Fürst von Tyrus, 1608）是莎士比亚晚年和别人合作写成的一部传奇剧。剧中的主要情节取材于英国14世纪诗人约翰·高渥（John Gower, c. 1330 – October 1408）的长诗《情人的自白》（Confessio Amantis, c. 1386 – 1393），因此莎士比亚在编剧时专门设计了高渥这个角色，让他在剧中充当解说剧情的老人，每一幕开场时都由他交代故事缘由和铺垫。故事情节取材于传统文学故事，剧中有专门的解说人角色，同时打破古典戏剧中固定的“三一律”法则，让故事情节的时间跨度长达十几年，莎士比亚的这些创作处理方法后来被译者蒂克应用到了自己的文学创作实验中。

《泰尔亲王配瑞克里斯》主要情节围绕着泰尔亲王配瑞克里斯和他失散了多年的女儿玛琳娜展开，曲折多变。剧中主人公、年轻的配瑞克里斯识破了安提奥克斯父女的乱伦隐私，惧其权势，深恐受害，将国事托付一老臣后，自己远航逃离本国。此后他历尽艰险，屡遭厄运。在得知爱女及妻子先后离开人世的消息之后，他痛不欲生，从此少食不语，命在旦夕。然而否极泰来，奇迹发生了：首先，前来慰藉他的歌女自述了她离奇的身世，配瑞克里斯发现她正是曾误信已死的女儿；继而又因狄安娜女神的现身指引，而找到了十四年前他误认为已死且亲手将尸体扔入海中的妻子。剧中作恶多端的安提奥克斯国王和与他狼狈为奸的女儿以及背信弃义、以怨报德的克里翁夫妇最终都遭到报应;而心地善良、品德高尚、受他们迫害的配瑞克里斯一家三人虽然受尽磨难,终因得天助神佑而团圆。

蒂克在翻译这部传奇剧时,沿袭了奥·威·施勒格尔一贯主张的翻译原则,采用韵文形式翻译了原剧中的诗体段落,使得当时的莎士比亚戏剧作品德译本尽量保持了一致的风格。

在《泰尔亲王配瑞克里斯》第二幕一开场时,剧情解释者高渥上场时的唱词交代了作恶多端的安提奥克斯国王与他女儿狼狈为奸的乱伦丑事,而年轻的配瑞克里斯亲王则由于识破了这对父女之间的罪恶隐私,不得不连夜逃离故土,以免受到无端迫害。原剧中的唱词韵脚齐整,富有乐感:

Gower:

Here have you seen a mighty king
His child, I wis, to incest bring;
A better prince and benign lord,
That will prove awful both in deed and word.
Be quiet then as men should be,
Till he hath passed necessity.
I'll show you those in troubles reign,
Losing a mite, a mountain gain.
The good in conversation,
To whom I give my benison,
Is still at Tharsus, where each man
Thinks all is writ he spoken can;
And, to remember what he does,

Build his statue to make him glorious:

But tidings to the contrary

Are brought your eyes; what need speak I?[①]

蒂克对这段唱词的翻译处理再现了原剧中的严谨韵律，语言简练，便于读者对情节发展进行整体上的了解，为后续故事做了巧妙的铺垫：

Gower:

Ein mächtiger König hier fürwahr

Sein Kind zur Blutschand brachte gar.

Ein beβrer Fürst zeigt auch sich dort,

Der gottesfürchtig war in Tat und Wort.

So seid denn still und hört es an,

Wie durch das Unglück drang der Mann.

Ihr seht, dass wer mit Unglück streitet,

Das Sandkorn miβt, den Berg erbeutet.

Der Gute in Gesellschaft

(Ich geb ihm meines Segens Kraft)

Ist noch zu Tharsus, jedermann

Hält heilig, was er sprechen kann:

Zum Angedenken seiner Milde

Verehrt man ihn im auferbauten Bilde.

Doch schlimmre Nachricht wird vernommen-

---

① Shakespeare, William: The Complete Works of William Shakespeare. 上海：上海世界图书出版公司，2010 年，第 1071 – 1100，Pericles，Prince of Tyre，第 1076 页。

Was sprech ich noch? - Ihr seht sie kommen.①

蒂克翻译的这部戏剧直到今天仍是该剧标准的德译本，收录在德语版的《莎士比亚全集》中。至此，莎士比亚的全部戏剧作品中，除了奥·威·施勒格尔已翻译出版的王侯历史剧之外，其他的作品则由蒂克和他的女儿多萝特娅·蒂克以及鲍迪逊伯爵三人合作完成。多萝特娅·蒂克共翻译了6部，而鲍迪逊翻译的莎剧作品则多达13部。下面以鲍迪逊翻译的经典剧本《奥瑟罗》德译本为例，具体说明早期浪漫主义文学时期的文学翻译原则对后来的莎士比亚戏剧作品德译本所产生的影响。

《奥瑟罗》是莎士比亚的四大悲剧之一。剧中主人公奥瑟罗是威尼斯公国的一员勇将，他与元老勃拉班修的女儿苔丝狄蒙娜相爱。但由于他是摩尔黑人，婚事未被允许，两人只好私下成婚。奥瑟罗手下有一个阴险的旗官伊阿古，一心想除掉奥瑟罗。他先是向元老告

---

① Shakespeare, William: Sämtliche Werke. Ins Deutsche übertragen von A. W. Schlegel, Dorothea und Ludwig Tieck usw.. Essen: Magnus, 2004. S. 1078 - 1106, Perikles, Fürst von Tyrus. S. 1084. 此段唱词参见中译本相关部分的翻译。莎士比亚：《莎士比亚全集》7，朱生豪译，南京：译林出版社，2006年，第1-88页，《泰尔亲王配瑞克里斯》。此处见第22页。

好一个赫赫的君主，
奸通他自己的爱女；
饶他怎样仁圣贤明，
逃不了人世的讥评。
休谈这昏王的丑史，
且说那穷途的俊士，
好一似失马的塞翁，
将土阜换一座高峰。
那受恩的塔色斯人
钦仰他的智慧才能，
为他筑起一尊雕像，
旌表他的功德无量。
可叹的是好景须臾，
又来了古国的音书。

密奥瑟罗与苔丝狄蒙娜的私情,不料却促成了两人的婚事。他又挑拨奥瑟罗与苔丝狄蒙娜的感情,称另一名副将凯西奥与苔丝狄蒙娜关系不同寻常,并伪造了所谓定情信物等。奥瑟罗信以为真,在愤怒中掐死了自己的妻子。当他得知真相后,悔恨之余拔剑自刎,倒在了苔丝狄蒙娜身边。《奥瑟罗》是多主题的作品,其中包括:爱情与嫉妒的主题、轻信与背信的主题等。最终,奥瑟罗由于轻信了奸谗者伊阿古的挑拨而铸成大错。

在《奥瑟罗》第一幕第三场,威尼斯公爵和各位元老在议事厅里商谈国事,元老勃拉班修本打算借此机会求助公爵当场拆散爱女私自与摩尔人奥瑟罗定下的婚事,最终在公爵的劝说下接受了无以改变的事实。勃拉班修无奈之下不得不打消了最初的念头。对这段剧情,原剧中勃拉班修说了一段富有韵律的陈词:

Brabantio:

So let the Turk of Cyprus us beguile;
We lose it not, so long as we can smile.
He bears the sentence well that nothing bears
But the free comfort which from thence he hears,
But he bears both the sentence and the sorrow
That, to pay grief, must of poor patience borrow.
These sentences, to sugar, or to gall,
Being strong on both sides, are equivocal:
But words are words; I never yet did hear
That the bruised heart was pierced through the ear.
I humbly beseech you, proceed to the affairs of state. ①

① Shakespeare, William: The Complete Works of William Shakespeare. 上海:上海世界图书出版公司,2010 年,第 1258 – 1300 页,Othello, the Moor of Venice。此处见第 1264 页。

鲍迪逊秉承了早期浪漫派时期对莎剧的翻译原则，凡是原剧中诗体的段落，都采用韵文形式再现原著的格律，韵脚也非常整齐——

Brabantio：

So mögt Ihr Cypern nur den Türken gönnen：
Wir habens noch，solang wir lächeln können！
Leicht trägt den Spruch，wen andre Last nicht drückt，
Und wen der selbstgefundne Trost erquickt；
Doch fühlt er sein Gewicht beim wahren Sorgen，
Wenns gilt，von der Geduld die Zahlung borgen.
Bitter und süβ sind all derlei Sentenzen，
Die，so gebraucht，an Recht und Unrecht grenzen；
Doch Wort bleibt Wort – noch hab ich nie gelesen，
Dass durch das Ohr ein krankes Herz genesen！
– Ich bitt Euch inständig，gehn wir an die Staatsgeschäfte！①

在蒂克的统筹带动之下，鲍迪逊坚持以诗体的翻译方式翻译了

---

① Shakespeare，William：Sämtliche Werke. Ins Deutsche übertragen von A. W. Schlegel，Dorothea und Ludwig Tieck usw.. Essen：Magnus，2004. S. 1263 – 1303，Othello，der Mohr von Venedig. S. 1269. 参见中译本相关部分的翻译。莎士比亚：《莎士比亚全集》5，朱生豪译，南京：译林出版社，2006 年，第 403 – 513 页，《奥瑟罗》。此处见第 421 页。

元老勃拉班修：

让敌人夺去我们的海岛，
我们同样可以付之一笑。
那感激法官仁慈的囚犯，
他可以忘却刑罚的苦难；
倘然他怨恨那判决太重，
他就要忍受加倍的惨痛。
种种譬解虽能给人慰藉，
它们也会格外添人悲戚；
可是空言毕竟无补实际，
好听的话几曾送进心底？
请殿下继续进行原来的公事吧。

莎剧中的其他经典剧目，包括《驯悍记》、《温莎的风流娘儿们》、《李尔王》等。同时，除了鲍迪逊之外，蒂克的女儿多萝特娅·蒂克也参与翻译了6部莎剧作品（具体详见本书附录二的列表内容），其中尤以《冬天的故事》最为吸引人。

《冬天的故事》是莎士比亚最成功的一出悲喜剧，剧中的主要情节取材于英国在1588年出版的罗伯特·格林（Robert Greene，1558－1592）的描写田园生活的长篇故事《潘多斯托》（Pandosto），莎士比亚在编剧时根据悲喜剧的要求删去了部分任务和情节。全剧可以依时空划分为两大段，前半段讲述了西西里国王列昂特斯因嫉妒而酿成悲剧，妻儿双亡，家不复家。后半段的故事发生于十六年之后，曾遭列昂特斯遗失的女儿帕笛塔初长成，最后回到列昂特斯的宫廷，终将一场悲剧化成喜剧收场。莎士比亚在这部剧中再次打破了古典“三一律”法则的限制，以故事情节长达16年的时间跨度颠覆了古典戏剧的创作原则，这一点后来也深深影响到了德国戏剧的创作。

同莎士比亚的其他戏剧作品一样，《冬天的故事》中也偶尔夹杂着一些诗体段落。虽然多萝特娅·蒂克翻译这部剧作时已近19世纪上半叶，但她仍然沿袭了18世纪末、19世纪初的早期浪漫派翻译风格，对剧作中的韵文进行了诗律处理。

在《冬天的故事》第四幕第三场，列昂特斯遗失的女儿帕笛塔听从其养父的安排，以女主人的身份招待前来庆贺剪羊毛喜宴的客人，现场气氛活泼热烈。扮成货郎的小偷奥托力格斯也前来凑热闹，假装兜售五彩的丝带，以便伺机下手偷窃。奥托力格斯的吆喝叫卖吸引了大家的注意力：

Autolycus：

Lawn as white as driven snow；

Cyoress black as e'er was croe；

Gloves as sweet as damask roses;
Masks for faces and dor noses;
Bugle bracelet, necklace amber,
Perfume for a lady's chamber;
Golden quoifs and stomachers,
For my lads to give their dears;
Pins and poking – sticks of steel-
What maids lack from head to heel.
Come, buy of me, come; come buy, come buy;
Buy, lads, or else your lasses cry.
Come, buy.①

多萝特娅在德译本中严格遵守这段唱词的格律,语言轻快、自然,读起来朗朗上口。

Autolycus:

Linnen, weiβ wie frischer Schnee,
Kreppflor, schwärzer als die Kräh,
Handschuh, weich wie Frühlingsrasen,
Masken für Gesicht und Nasen,
armband, Halsgehäng voll Schimmer,
Rauchwerk für ein Damenzimmer,
Goldne Mütz und blanker Latz
(Junggesell, für deinen Schatz!)-
Nadeln, Zeug in Woll und Seiden,
Sich von Kopf zu Fuβ zu kleiden:

① Shakespeare, William: The Complete Works of William Shakespeare. 上海:上海世界图书出版公司,2010 年,第 394 – 431 页,The Winter's Tale。此处见第 416 页。

Kauft, Bursche, dass ich Handgeld löse!

Kauft, kauft, sonst wird das Mädchen böse![1]

在莎士比亚戏剧作品德译本全集最后几卷的出版工作中,蒂克有时只负责编辑,或者只对施勒格尔的译作进行仔细的整理编辑和出版校对。不过,这些都是蒂克晚年在19世纪30、40年代所作的译介工作,不再处于早期浪漫主义文学时期。这段时间超出了本书计划的研究范围,故在此不敢妄言。

尽管如此,有一点可以断定:如果没有蒂克的积极参与和大力支持,如果不是蒂克花费巨大的精力去整理、完成施勒格尔转交给他的莎剧翻译工作,那么,施勒格尔的未竟之作恐怕难以付梓问世,早期浪漫主义文学时期的莎剧翻译也不会赢得如此高度的历史关注和评价。通过奥·威·施勒格尔和蒂克的莎士比亚译介,德国早期浪漫主义文学时期的莎剧翻译直到今天依然具有重要的文学史意义。蒂克作为莎剧的译者、合译者、编辑,在长期、细致的翻译、整理过程中,

---

① Shakespeare, William: Sämtliche Werke. Ins Deutsche übertragen von A. W. Schlegel, Dorothea und Ludwig Tieck usw.. Essen: Magnus, 2004. S. 379 – 416, Das Wintermärchen. S. 401. 参见中译本相关部分的翻译。莎士比亚:《莎士比亚全集》7,朱生豪译,南京:译林出版社,2006年。第265页。

奥托利格斯:

白布白,像雪花,
黑纱黑,像乌鸦。
一双手套玫瑰香,
假脸罩住俊脸庞。
琥珀项圈琉璃镯,
绣茝生香芳郁郁。
金线帽儿绣肚罩,
买回送与姐儿俏。
烙衣铁棒别针尖,
闺房百宝尽完全。
来买来买快来买,
哥儿不买姐儿怪。

倾注了大量的心血，显示出其过人的文学魅力。直到今天，提到莎剧的德译本，仍然不可以忽略蒂克的功劳。虽然施勒格尔和蒂克翻译的莎士比亚德译本由于历史的原因，不免存在着这样、那样的缺陷，但是从时代精神、历史意义等方面都是难得的文学成果。通过施勒格尔和蒂克的合译，莎士比亚最初在德国的完整译介和传播，才算暂时告一段落。

除了上文提到的这些翻译、出版成果之外，蒂克对莎士比亚作品的创作手法还进行了大量的研究和论述。曼弗雷德·弗兰克称蒂克一生中唯一没有中断过的事业就是对莎士比亚的研究。早在哥廷根求学期间，蒂克就撰文评述过莎士比亚作品中的创作手法，这些研究成果甚至直接影响到了德国浪漫主义文学本身的创作。蒂克在他的早期论文《莎士比亚对"奇异"的处理手法》中阐明，诗的奇异之所以能产生幻觉，是由于诗人设法干扰了读者对某一特定对象的注意力（"观众根本无法把全部注意力集中在某一对象上"）。这种效果可以通过瞬间的反差来获得，比如"可怕和滑稽"的反差[①]。莎士比亚善于将崇高与卑贱、恐怖和滑稽、豪迈与诙谐离奇古怪地混合在一起，作品中的主人公往往都是"注意力的不断分散"、"幻想处于混乱之中"，致使精神被一闪念的反差幻想所困顿，"陷入眩晕之中，最终不得不听从幻觉的支配，因为它此时已经失去了真理与错误的一切标志"[②]。莎士比亚的戏剧往往采取大刀阔斧的手法来急速收场，从而减少了实际上相当无聊但又不可避免的废话。

蒂克对莎士比亚的研究所取得的成果，对于他日后的文学创作手法产生了一定的影响，甚至还直接影响到了浪漫主义文学后期的

---

① 曼弗雷德·弗兰克：《德国早期浪漫主义美学导论》，聂军等译，吉林人民出版社，2006年，第343页。

② 同上，第344页。

文学创作,可谓意义深远。

第二节 蒂克在早期浪漫主义文学时期对当代文学的整理与研究

德国早期浪漫主义文学时期,几位有代表性的作家可惜都英年早逝,留下了很多未竟之作。为了能够把这些优秀的作品奉献给读者,也是为了完整体现德国早期浪漫主义文学时期的民族文学发展成果,蒂克花费了大量的时间和精力整理、出版,甚至是续写了早逝好友的遗作。早期浪漫主义者认为,他们所有的作品都属于同一个整体,因此,整理出版同时期作家的遗作也成为早期浪漫主义者的使命之一,是他们"整体诗学"原则的具体体现。

蒂克对浪漫主义文学同时期的作家及其作品进行了长期的评述和编辑整理,包括瓦肯罗德、诺瓦利斯、克莱斯特等作家的作品。蒂克在这方面所取得的成就,并不亚于他对外国文学和德国中古文学的译介成果。通过他的编辑出版,这些作家的遗作得以被当时的德国读者所熟悉,同时,蒂克也为后世了解这些作家的作品留下了一笔可观的财富。

一、蒂克对瓦肯罗德作品的编辑整理

虽然德国早期浪漫主义的文学理论经由施勒格尔兄弟在《雅典娜神殿》撰文提出,但是真正为德国浪漫主义制定了"第一份完整的艺术纲领"的,则是仅仅活了25岁的瓦肯罗德。他1773年出生于普鲁士的首都柏林,度过了理想和现实磕磕碰碰的一生,留下的文章后来由好友蒂克结集出版,命名为《一个热爱艺术的修士的内心倾诉》(*Herzensergießungen eines kunstliebenden Klosterbruders*, 1796)。这是一

本薄薄的小册子，其中的文章体裁多样，包括论文、散文、诗歌、小说等，后来的德国浪漫主义文学作品也多具有这种融各种体裁的文章于一炉的“整体文学”的形式。

威廉·亨利希·瓦肯罗德年仅25岁(1773－1798)就因伤寒去世，其实他本人并不是一名修士，他只是以修士的口吻写了这本书。瓦肯罗德认为艺术是至高无上的，面对艺术的奇迹，人只有拜伏在地，进而有所感悟。瓦肯罗德心目中的圣人首先是拉斐尔，因此在《一个热爱艺术的修士的内心倾诉》开篇就是题为“拉斐尔的显现”的散文，以后又有文章记述一个老画家弗朗西亚见过拉斐尔的画后羞愧而死的故事。瓦肯罗德力图通过这些文字重新为艺术定位，艺术和自然一样能够通过隐晦而神秘的力量作用于人的心灵；而艺术高于自然之处，就在于它能够以其动人而奇妙的方式，把精神的和非感性的东西融化到可见到的形体之中，使得人们的整个身心为之震撼。

追求绝对、纯粹、尽善尽美的精神境界，乃至向某种神圣之物而贡献自己的一生，这是瓦肯罗德的基本美学立场，也是贯穿浪漫主义文学的一条主线。在瓦肯罗德的作品中洋溢着对崇高的无限向往，寄托着献身艺术、在艺术中从有限走向无限的希冀。《一个热爱艺术的修士的内心倾诉》中唯一的一篇小说《音乐家约瑟夫·柏格灵发人深省的音乐生涯》就是这种体验的集中表现：主人公生就一颗对神圣的教堂、庄严的音乐顶礼膜拜的心灵，走出教堂却备受俗世生活的折磨。

蒂克对其好友瓦肯罗德的作品进行整理与研究，完全是受到了瓦肯罗德艺术创作思想的影响。瓦肯罗德作为德国早期浪漫主义文学的代表人物之一，在时间上略先于其他几位代表人物的文学活动，却对德国浪漫主义文学在日后的发展产生了很大影响。瓦肯罗德只活了25岁，但是年轻的瓦肯罗德针对德国古典文学崇尚古希腊、罗马文化提出了自己的不同见解，他认为中古德国艺术和民间文艺同样具有很高的文学价值，有待于大家的正确认识和挖掘。就此而论，瓦肯罗德是重视民间文学和面向中古德国文化的德国浪漫主义文学的先驱，并对德国浪漫主义文学的美学见解产生了巨大的影响①。

在哥廷根大学学习法律期间，瓦肯罗德就对德国的中古文化进行了热心钻研，对中古文化艺术，特别是绘画和音乐尤其赞赏。蒂克真正对中古德语文学感兴趣，最初也是受到了瓦肯罗德的影响。在早期浪漫主义文学前期，最先对中古德语文学产生浓厚兴趣的就是瓦肯罗德。瓦肯罗德与蒂克两人曾经一起到纽伦堡等地游历，重新认识到了中古德国文化的瑰宝。这次南德之行也促成了蒂克之后对中古德语文学的正式研究与整理。

瓦肯罗德生前唯一发表了的作品是小说《一个热爱艺术的修士的内心倾诉》。这部著作虽然以瓦肯罗德的创作为主，但是蒂克也参与了其中的部分创作，是由瓦肯罗德和蒂克合作创作的一部有关艺术理论的书籍。全书一共收录18篇文章外加一篇前言（前言为蒂克所写），除《对意大利的憧憬》、《年轻的佛罗伦萨画家安东尼奥致罗马的朋友雅考伯的信》、《一位身居罗马的年轻德国画家致纽伦堡朋友的一封信》外，其余15篇文章均为瓦肯罗德写作。这本书是一部典型的德国浪漫主义文学作品，是弗·施勒格尔竭力倡导的所谓"整体文学"的先导。小说打破了多种文学形式的界限，从内容和形式上将各种故事、艺术评论、书信以及颂诗等交织在一起，为早期浪漫主义文学时期的理论形成和创作实践奠定了基调。瓦肯罗德把艺术视为神灵对艺术家的特殊关照，在他看来，艺术家较之于常人不同的是具有非凡的特殊才能，并且能够凭借这种才能感受神灵的关照，用艺

---

① 余匡复：《德国文学史》，上海外语教育出版社，1991年，第251页。

术把这种感受表达出来。瓦肯罗德的这一思想被大多数浪漫派所接受,并且在许多文学作品和理论学说中表现了出来①。

瓦肯罗德于1798年英年早逝之后,为了能够让他的独特艺术见解及著作得以面世、让德国读者真正了解他的创作思想,蒂克整理出版了瓦肯罗德的另一部作品《关于艺术的想象》②(Phantasie über die Kunst, 1799)。在这部作品中,瓦肯罗德继续表达了他对音乐艺术性的赞赏,称音乐是艺术中的艺术,是懂得压缩和固持人心中的情感的艺术。蒂克也热衷于这一观点,并在自己的诗作中表现了这种艺术情绪。实际上,浪漫派的诗作中经常可以见到音乐的语言和音乐性的流动。

通过蒂克的努力,瓦肯罗德的作品直接影响到浪漫主义文学在接受传统方面对中古德语文学的重视和推崇。

二、蒂克对诺瓦利斯作品的编辑整理

诺瓦利斯(本名 Friedrich von Hardenberg,1772 - 1801)作为德国早期浪漫主义文学的理论奠基者和创作实践者,他的作品最能体现早期浪漫主义文学的特色,内容和形式都"包罗一切",处于永远的变化中。

诺瓦利斯不仅是德国早期浪漫派最著名的诗人,同时也是一位法学家、矿业专家,从小就受到严格的宗教教育,深受费希特、赫尔德和拉瓦特(Johann Kaspar Lavater,1774 - 1801)哲学思想的影响。作为德国早期浪漫派的代表人物之一,诺瓦利斯的文学创作践行了浪漫派的文学创作理念,从内容和形式上进行了多种尝试,他留下的重

① 曼弗雷德·弗兰克:《德国早期浪漫主义美学导论》,聂军等译,吉林人民出版社,2006年,译序第3页。

② Wackenroder, Wilhelm Heinrich/Tieck, Ludwig: Phantasien über die Kunst. Stuttgart: Philipp Reclam, 2000.

要作品包括：宗教、政治、诗歌文献《基督教或欧罗巴》（Die Christenheit oder Europa），诗歌作品《夜颂》（Hymnen an die Nacht）、《虔敬之歌》（Geistliche Lieder），小说作品《塞斯的弟子们》（Die Lehrlinge zu Sais）和《海因利希·冯·奥夫特丁根》（*Heinrich von Ofterdingen*）等。德国作家赫尔曼·黑塞（Hermann Hesse，1877－1962）曾如此评价诺瓦利斯："他留下了德国思想史上最奇特和最神秘的作品。正如他那看似闲散的短暂一生给人无比丰富的印象，仿佛耗尽了每一种感觉与每一种智慧，他写下的那些玄奥文字也在游戏般的、华丽动人的外表之下展示了精神的一切极限，展示了精神使人成为上帝以及精神绝望的一切极限。诺瓦利斯清醒而虔诚地经受了自己的命运，意识到自己的悲剧却泰然处之，因为一种创造性的虔敬使他能够藐视死亡。"①

诺瓦利斯的长篇小说《海因利希·冯·奥夫特丁根》是德国早期浪漫主义文学时期最具代表性的作品。这是一部未完成之作，诺瓦利斯于1800年写完小说的第一部分《期待》（Die Erwartung），第二部分《完成》（Die Erfüllung）只写了一个开头，不久诺瓦利斯就身体染病，于1801年3月病逝。尽管如此，狄尔泰仍然认为这部小说是浪漫主义第一代人所曾创作的最重要的作品②。

诺瓦利斯在他的这部长篇小说中加入了大量精心创作的诗歌和童话，甚至给人造成了一种印象：诺瓦利斯是为了这些诗歌和童话的缘故才创作小说。这种创作理念集中体现了早期浪漫主义文学的主观性。他们不是借助艺术形式，而是随意改造艺术形式来表达自己的理念③。诺瓦利斯逝世之后，蒂克作为他的生前好友整理了其遗留

① 转引自：刘小枫：《夜颂中的革命和宗教》，华夏出版社，2007年，第228页。

② 狄尔泰：《体验与诗》，胡其鼎译，三联书店，2003年，第277页。

③ 谷裕：《现代市民史诗——十九世纪德语小说研究》，上海书店出版社，2007年，第137页。

的草稿片断，同时根据对两人有关谈话的回忆、诺瓦利斯遗留下来的书信和笔记以及他对作者创作意图的理解，续写了《海因利希·冯·奥夫特丁根》的第二部分，于1802年以未完成形式出版。

作为早期浪漫主义文学时期的主要代表人物之一，诺瓦利斯极力支持文学翻译："我们出于真正的喜爱翻译介绍一些好的文学作品，最终是为了让我们的祖国能够拥有自己的、好的文学作品。"[①]关于早期浪漫主义者的文学翻译活动，诺瓦利斯虽然未曾亲自参与很多，但是他本人也写有专门的文章来表明自己的翻译观："翻译既可以是神话式的翻译，也可以是严格意义上的语法翻译，甚至还可以是稍稍有所改变的意译……从这三个层次上来看，我们不仅可以用这几种方法翻译文学作品，甚至可以翻译世界上所有的一切。"[②]。因此，诺瓦利斯主要是在理论建树和文学创作方面体现了早期浪漫主义文学时期"世界文学"观。

弗·施勒格尔在同时期的浪漫派中尤为赞赏诺瓦利斯。对于诺瓦利斯在浪漫主义文学理论方面的建树，弗·施勒格尔在他的《断想集》里曾以断片特致在世时的诺瓦利斯："你并非徘徊在诗与哲学的交界线之上。在你的精神里，这二者亲密地相互渗透，融为一体。在这个不可理解的真理的种种景象之中，你的精神与我最接近。你已想过的问题，我正在思考；我已思索过的事情，你将会考虑或已考虑完毕。有许多误解，却只是证实了我们之间最高度的一致。讨论永

① Zybura, Marek: Ludwig Tieck als Übersetzer und Herausgeber. Heidelberg 1994, S. 21.

② Novalis: Werke in einem Band. Hrsg. von Hans – Joachim Mähl und Richard Samuel. München – Wien 1981. S. 451f. Und in: Das Problem des Übersetzens. Hrsg. von Hans Joachim Störig. Darmstadt 1963. S. 33. 关于诺瓦利斯的这段断片已有中译文出版，见刘小枫选编《德语诗学文选》上卷，上海：华东师范大学出版社，2006年，第296页。

恒的东方的任何学说，属于一切艺术家。而我不提他人只举出你。”①诺瓦利斯逝世后，弗·施勒格尔也是其遗作的整理编辑者之一。在早期浪漫派看来，诺瓦利斯的全部作品都是早期浪漫主义文学的重要组成部分，编辑出版他的作品也是早期浪漫派义不容辞的任务之一，他们互为一个整体。

蒂克对诺瓦利斯遗作的编辑整理，自诺瓦利斯逝世后一直持续了四十多年。诺瓦利斯成为蒂克最为关注的同时代作家，蒂克所参与编辑的诺瓦利斯全集也一版再版。同样是在1802年，蒂克与弗·施勒格尔等人合作，出版了诺瓦利斯的两卷本全集，包括《海因利希·冯·奥夫特丁根》小说的第一、二部分，以及诺瓦利斯的若干诗歌作品、信件及文论断片等。这部全集是德国浪漫主义文学时期第一部由浪漫派自己创作、编辑出版的全集。早期浪漫派们把编辑出版诺瓦利斯的作品，看做是其“协作诗”的具体体现；全集的出版也是早期浪漫主义文学时期的共同文学财富。蒂克还专门为全集撰写了出版前言，以示对挚友的深切怀念。这部全集后来经过了多次再版和增订，使得诺瓦利斯在德国的影响达到了一个重要的地位，不仅仅是在当时的德国文学界，甚至在同时期的英国和法国，作为德国浪漫主义文学的代表性人物，诺瓦利斯也备受关注，并正式引起了人们对浪漫主义文学的广泛讨论②。在德国所有浪漫主义作家的著作中，诺瓦利斯的作品拥有读者最多且传播最广。

三、蒂克对克莱斯特作品的编辑整理

蒂克在关注外国文学作品译介和德国民间文学编译的同时，注

---

① 施勒格尔：《浪漫派风格——施勒格尔批评文集》，李伯杰译，华夏出版社，2005年，第122页。

② Wiese, Benno von (Hrsg.): Deutsche Dichter der Romantik. Berlin 1983, S. 224.

重大力培植浪漫主义文学同时期的青年作家，提携后起之秀，并整理出版年轻作家留下的遗作。生前并不十分出名的克莱斯特(Heinrich von Kleist, 1777 - 1811)的全集就是由蒂克整理发表的。

由于种种原因，克莱斯特这位出类拔萃的戏剧天才生前一直遭受着各方面的不幸，他在世时并不被文学评论界看好。1811 年，克莱斯特与患精神病的女友双双饮弹自杀。

克莱斯特短暂的一生在匆匆忙忙中度过，好像从来就没有安顿下来的时刻。他的内心充满着矛盾与分裂，一如他作品中的人物。他曾经进入军界，后又决然退出，与家族传统决裂；继而又退出公职，因他无拘无束的个性无法容忍程式化的生活。在他那里，主体与客体、主观与客观都出现了巨大的裂痕，导致作家心灵的破碎。克莱斯特虽出身贵族，但是他所追寻的却是与现实相去甚远的另外一种生活，最后因穷困潦倒、悲观失望而自杀而亡。直到 19 世纪末期，人们才从克莱斯特的遗作中逐渐认识到他是德国文学史上伟大的作家之一，是德国浪漫主义文学时期的剧作家、小说家、抒情诗人和政论家。

克莱斯特的创作风格介于浪漫主义和现实主义之间，在大量写实的描写中常常弥漫着一种神秘的气氛。与有些充斥着哲学思辨的德国文学作品不同，他的作品情节曲折离奇，而又合情合理。克莱斯特短短一生，主要创作了八个剧本、八部中篇小说。二战后，克莱斯特在德国文学史上声誉日隆，德国还特意设立了“克莱斯特文学奖”。

克莱斯特既不是古典主义的代表人物，也不是浪漫主义的代表人物。他从事创作的十年正是德国浪漫主义运动兴盛的时期。克莱斯特并未身处浪漫派的中心耶拿或海德堡，其创作也主要倾向于现实主义，但是仍然难免受到浪漫主义思潮的影响，他的作品不管是小说还是戏剧，表现手法都具有不少浪漫的色彩。

克莱斯特尤其擅长使用逻辑谨严、委婉、细密的长句和套句，其小说开头的一句话往往就在读者心中造成一个悬念，叫人欲罢不能，非一口气将其读完不可。随后情节的发展更是起伏跌宕，到了结尾却又会有一个出人意表乃至震撼人心的转折。《智利大地震》(Das Erdbeben in Chili)、《米夏埃尔·科尔哈斯》(Michael Kohlhaas)和《O侯爵夫人》(Die Marquise von O)等都很好体现了克莱斯特小说的这些风格特色，因而问世以来一直脍炙人口。从内容上讲，克莱斯特的小说作品尽管取材自不同的时代、地域和社会阶层，但都有一个共同的特点，就是全部密切结合现实，都反映着作者生活的那个时代的迫切问题，富有现实的批判精神。

除了小说之外，克莱斯特还创作了很多戏剧作品，尤其是悲剧，熔古希腊戏剧与莎士比亚的戏剧于一炉，独树一帜。从他的第一部悲剧《史罗芬施泰因一家》(Die Familie Schroffenstein)中，能够看出他的作品显然受到了莎士比亚的《罗密欧与朱丽叶》的影响，主要叙述了一对情侣的不幸爱情故事，而他们也是出身于中世纪时期两家有世仇的贵族家庭。

蒂克在编辑、出版克莱斯特的作品时，根据歌德的看法，主要“考察的是那些仍然保留着自然特色的精彩的部分，他把被扭曲了的放在一边，他更多的是原谅，而不是责备，因为本来那个有才华的人也只能让人感到遗憾”①。与瓦肯罗德和诺瓦利斯不同，蒂克本人与克莱斯特并没直接打过交道，他完全是本着对克莱斯特作品的崇敬，从各种渠道获取第一手资料。而当时的出版商为了约稿，也积极为蒂克建立各种联系，包括从克莱斯特生前好友处获得他的生平介绍、曾经出版过的作品以及有关评论等。在此基础上，蒂克搜集整理了克莱斯特在生前未发表的作品，并结集于1821年出版。

克莱斯特不仅是戏剧家，而且也是小说家。他从1801年开始写

---

① 歌德:《论文学艺术》，范大灿等译，上海人民出版社，2004年，第344页。

作，文学生涯只有短短的十年时间。他的作品虽然具有浪漫主义色彩，但是内容却丰富多样，文学史家们都认为很难将他归入到哪一个具体的文学流派当中去。克莱斯特在生前已经出版了很多作品，多为戏剧作品，可惜并不被人重视也未享有任何盛誉。他的名声主要来自死后，特别是蒂克首先整理出版了他的遗作，继之又编辑出版了克莱斯特全集，并对他的相关作品进行了评述，使得人们对他有了更进一步的了解。

第三节　蒂克的文学创作活动

蒂克在浪漫主义文学时期所进行的大量文学翻译活动以及译介评述研究成果都在他自己的文学创作活动中得到了具体的体现，特别是蒂克对莎士比亚创作方法的研究，直接影响到了蒂克在浪漫主义文学早期的文学创作。蒂克自己在进行文学创作时，尤其是对莎士比亚作品中的机智、奇异以及反讽等手法的借鉴和运用发挥到了淋漓尽致的程度。另外，蒂克作为《堂·吉诃德》的译者，也受到了塞万提斯创作手法的影响。因此，本节的重点将是联系蒂克在文学翻译实践中的成就，具体探讨蒂克在自己的文学创作中如何借鉴了他的文学翻译和评述成果，以最终体现他在早期浪漫主义文学时期的“世界文学”观。

蒂克写过很多文学作品，包括长篇小说、中篇小说、艺术童话以及戏剧作品等。他善于运用各种文学形式推广浪漫主义的题材，他的小说、民间故事及戏剧的一个重要主题就是，相信世界可以通过高尚的艺术得到救赎。他的作品以反讽为特色，并经常描述超自然力量的存在。

蒂克在浪漫主义早期所创作的艺术童话《金发艾克贝尔特》(Der blonde Eckerbert,1796),塑造了一位在幻觉和现实之间迷失自己的角色,“森林孤独感”和“中世纪”在这篇童话中起着重要的作用。

蒂克通过其讽刺喜剧使德国戏剧恢复活力,比如《穿靴子的公猫》(Der gestieferte Kader,1797),嘲讽了多愁善感的人。弗·施勒格尔对这部作品做了如下评价:“我讨厌猫,但彼得·雷伯莱希特的穿靴的雄猫不在此列。它长着爪子,谁被它抓了便大声地诅咒它;它随之在戏剧艺术的屋顶上信步游荡的情景,又使许多人笑逐颜开。”①

早在学生时代,蒂克就深受歌德、莎士比亚等人的影响,少年时期曾模仿过莎士比亚的仙诗。蒂克后来在启蒙主义思潮的影响下开始创作,其中以长篇小说《威廉·洛威尔》(William Lovell,1795－1796)为代表。弗·施勒格尔对这部作品给予了很高的评价:“如果在一部长篇小说里,以一种有趣的方式塑造并阐明了一个全新的性格,那么即便依照最寻常的看法,也足以使这部小说出名。《威廉·洛威尔》无可争议享有这个功绩。”②很快,蒂克摆脱了启蒙主义的影响,转向浪漫主义,其成果就是未完成的长篇小说《弗兰茨·斯特恩巴尔德的漫游》(Franz Sternbalds Wanderungen,1798)。

《弗兰茨·斯特恩巴尔德的漫游》是同歌德的《威廉·迈斯特的学习时代》进行论战的一部浪漫主义小说,描述了一位年轻艺术家天真率直、无忧无虑的生活及旅程。其中所描绘的梦幻之国已经具有明显的美化中世纪牧歌生活的倾向。这本书没有贯穿全书的主要情节。它叙述一个十六世纪的青年画家斯特恩巴尔德漫游意大利的经

---

① 施勒格尔:《浪漫派风格——施勒格尔批评文集》,李伯杰译,华夏出版社,2005年,第89页。

② 施勒格尔:《浪漫派风格——施勒格尔批评文集》,李伯杰译,华夏出版社,2005年,第100页。

历,其中穿插着一些谈话、感想、诗歌和写景。其实是蒂克对艺术和自然的沉思。浪漫主义者们偏爱的自然是黑夜和峡谷的孤寂。而蒂克在这一蛮荒的风景上,又挂上了一轮发着冷幽之光的圆月。这就是他发明的“森林间的孤寂”和“月色皎洁的魔夜”。研究蒂克的传记作家克普克(Rudolf Köpke)曾经把蒂克的这种孤寂归因于蒂克的成长环境——他沉醉在自然之中,兴奋得近乎痛苦、疯狂,仿佛有一种神秘的力量在推动他前进;月亮以万道金光映照在粼粼的水波上,或者像梦境似的从丛林和树木间透射下来。蒂克把他对山水林木的这种感受移植于他的作品中,因此他的人物的性格都淹没在自然神秘主义的五颜六色的洪流之中。这种神秘的泛神论也是他的戏剧的一个特点。

蒂克在浪漫主义后期仍以浪漫主义的理论为指导进行创作,在他的戏剧作品中著名的有喜剧《奥克塔维安皇帝》(1804)、悲剧《神圣的格诺菲娃的生与死》(1800)和童话剧《福尔吐纳特》(1815–1816)。这3部剧本都根据同名的民间唱本改写,后来都成为浪漫派的代表作。蒂克在这些剧本中也像他在小说中一样,不顾体裁的界限,融抒情、叙事和戏剧因素为一体。在内容上,则美化封建骑士制,赞扬天主教中世纪封建等级制的社会。

在创作这些剧本时,蒂克又创作了一些小说和童话故事。这时期的小说也多根据民间传说改写。1797年他化名彼得·莱布雷希特改写并创作了《民间童话集》3卷,其中改写的有民间故事书《希尔德市民故事集》、《美丽的玛格洛纳》,创作的有《金发艾克贝尔特》。后者是他的代表作,并且创立了德语文学中童话小说这一新的文学体裁。此外,蒂克还创作了童话剧,这是德语文学中成功的诙谐作品,体现了“浪漫主义的反讽”风格。1798年,蒂克创作了《穿靴子的公猫》之续集——文学喜剧《王子策尔比诺或曰寻求优雅趣味之旅》

(Prinz Zerbino oder Die Reise nach dem guten Geschmack. Lustspiel),在论战性作品中堪称经典之作。在这部剧中,与诗相对立的思维方式受到了阿里斯托芬式的机智的重创,同时又以一种美的方式勾勒出了浪漫诗的轮廓及对浪漫诗的仰慕。①

在德累斯顿时,他的创作转向与现实相联系的题材,描写最新的市民生活,例如中篇小说《年轻的木匠师傅》(1836)、《人生的丰足》(1836)。长篇历史小说《维多利亚·阿科隆波纳》(1840)的主题涉及妇女解放问题,塑造了意大利文艺复兴时期的妇女形象,是这个时期最重要的作品。

蒂克还曾翻译西班牙小说家塞万提斯的《堂吉诃德》并和奥·威·施勒格尔合译了莎士比亚的剧本。丹麦文学史家勃兰克斯是这样描述蒂克的性格的,他具有“怕鬼而又喜欢闹鬼的阴沉气质,天生的几乎达到疯狂边缘的忧郁,不断要求坚持光明权利的一种比较清楚而又冷静的悟性,一种生活于情绪之中并制造这种情绪的非凡能力”。无论是他的小说,还是他的戏剧,都具有着强烈的幽灵气、残忍的色情味和冰冷的讽刺。

蒂克曾以其《梦幻全集》(Phantasus, 1812)等一系列的文学作品而成为德国浪漫主义文学时期的著名作家。他在进行文学翻译的过程中,对不同的诗律格调进行了研究和实验,包括西班牙文学作品中的“准押韵”②(Assonanzen)、意大利文学作品中的“三行诗节”③(Terzinen)以及莎士比亚、塞万提斯作品中的“十四行诗”④(Sonett)等各种不同的诗律格式。

---

① 施勒格尔:《浪漫派风格——施勒格尔批评文集》,李伯杰译,华夏出版社,2005年,第251页。

② 只有元音押韵。具体见本章第一节第二部分。

③ 即aba, bcb, cdc等。

④ 即abba abba cde cde。

蒂克不仅在翻译时注重用诗体再现原作的韵律美，而且还将这种诗韵形式借用到自己的文学创作中，追求语言的诗韵格律。蒂克在文学创作中所做的这些借鉴与实验甚至为浪漫主义文学后期及之后的新诗歌实验做了铺垫。蒂克在翻译塞万提斯的《堂·吉诃德》时，尽力用德语再现西班牙文学中所特有的准押韵诗律。他在德语文学的准押韵方面做出了首开先河的典范，直接影响到了德国浪漫主义文学同时期的其他代表作家的文学创作，作品的语言追求音乐性，韵脚也十分优美自然。浪漫主义文学后期的代表性作家布伦塔诺就深受蒂克的影响，在其宗教叙事诗《花冠传奇》中，布伦塔诺对准押韵诗律的运用达到了高潮。

蒂克在自己的文学创作中非常注重创作手法的借鉴和运用。早从青年时代开始，蒂克就钟情于歌德、莎士比亚以及塞万提斯的作品。他在翻译莎士比亚以及塞万提斯的作品的同时，专门撰文评述这两位伟大作家的作品，并且在自己的文学创作中直接借鉴了文学译介的研究成果。首先，蒂克极力推崇莎士比亚作品中的想象艺术和奇异手法。在莎士比亚的作品中，想象作为一种艺术手段发挥着主宰作用，使整个宇宙生动、奇异地充满着神力和魔力。那些在月光下游戏的精灵通过作家的想象激情，从神秘的无形世界来到有形世界，成就了作家笔下一个个伟大的悲剧形象。蒂克最初翻译了莎士比亚的《暴风雨》之后，就莎士比亚诗艺中的奇异性撰写了《莎士比亚对“奇异”的处理手法》一文，表明了他对魔性及其效果的研究。

蒂克自己进行文学创作时，也充分发挥想象之能事。在浪漫主义文学早期，他在从事文学翻译和中古德语文学的整理研究过程中，以笔名彼得·雷伯莱希特编辑出版了三卷本民间童话集《彼得·雷伯莱希特的民间童话》(Peter Lebrecht's Volksmärchen，1797)。奥·

威·施勒格尔在关于这部作品的书评中,称蒂克为“一个真正意义上的诗人,一个做诗的诗人”。1812年,蒂克在其《梦幻全集》中,运用想象和奇异的表现手法所创造的艺术童话作品,成为浪漫主义文学时期的一种特有的文学体裁,在文学史上享有很高的声誉。

在蒂克的艺术童话作品中,作者通过想象创造了一个个荒诞的梦幻境界,使梦境和现实融为一体,极力挖掘人物的内心世界,表达他们的多重复杂情感。《梦幻全集》中,《金发的埃克伯特》(Der blonde Eckbert)、《小精灵》(Die Elfen)、《鲁嫩山》(Der Runenberg)等都是蒂克的艺术童话代表作。在全集的序文中,作者首先描述了所有关于外部世界的明确印象是如何流入他的内心,继而形成了一股神秘的自然魔力:①

我把它当做幽壑和高山,
当做森林、悬崖和平原,
它原来是一个硕大无比的头颅,
森林就是它的头发和须髯。
它含笑静观着它的孩子们
在它面前快乐地玩耍;
它一眨眼,又以森林的神圣的骚动
预示着一阵令人恐怖的惩罚。

关于蒂克的艺术童话作品中神秘的自然魔力,在此仅以《梦幻全集》中的《金发的埃克伯特》为例,来说明蒂克对想象和奇异手法的运用。故事中的主人公埃克伯特是一位金发的骑士,他和妻子贝尔塔在哈尔茨山的一座城堡中过着宁静的生活。埃克伯特结识了自然

① Tieck, Ludwig: Märchen aus dem „Phantasus“. Hrsg. von Walter Münz. Stuttgart 2003, S. 27f. 此处译文参见勃兰兑斯:《德国的浪漫派》,刘半九译,人民文学出版社,1997年,第259页。

学家瓦尔特，两人经常在山间散步。接下来，贝尔塔给大家所讲的故事构成了整部作品的关键内容。故事里充满了离奇和不可思议的事情：孤寂大森林中神秘的老妇人有一只会唱歌的小鸟，小鸟每天下的蛋中总有一粒珍珠或宝石，贝尔塔劫财杀鸟并遭老妇人报复等，最终埃克伯特和贝尔塔都受到了早逝的惩罚。作品中充满了梦幻的氛围，很难分清哪些是现实、哪些是梦境，二者融为一体。作者借这种神秘性来逐步展开人物内心世界的紊乱，说明了人在世间的盲目性。而冥冥之中总有一股神秘的力量安排着一切，人注定了只能听天由命。当然，作者通过这种神秘的魔力幻想，并不是要表达恶有恶报，而是在赞美自然中的森林孤寂[①]。这才是蒂克以离奇的想象在《金发的埃克伯特》中要表达的主题。

除了对想象和奇异手法的借鉴和运用，蒂克集多年研究莎士比亚的丰硕成果，以其特有的精确思维方式详细阐明了他对反讽的理解。蒂克在作品中采用的讽刺和模仿与弗·施勒格尔所提倡的反讽风格极为相似。作者在创作时如同局外人，用文学实验的形式来就文学本身进行探讨。对莎士比亚的研究使蒂克对反讽手法有了更深入的理解，后来蒂克在他自己的文学创作中把浪漫主义反讽的创作手法发挥得淋漓尽致。塞万提斯在《堂·吉诃德》中也经常使用反讽的手法，作者一开篇就抽身出来[②]，巧妙地处理了现实与文学之间的关系。他对浪漫派的影响不仅仅体现在讽刺手法的运用、表现形式

① Waldeinsamkeit 是蒂克首创的一个单词，他认为森林孤寂才是真正的幸福。这一主题后来被浪漫主义作家们一再借用。

② 塞万提斯在《堂·吉诃德》前言中写道："清闲的读者，这部书是我头脑的产儿，我当然指望它说不尽的美好、漂亮、聪明。……亲爱的读者，我不愿随从时下的风气，像别人那样，简直含着眼泪，求你对我这个儿子大度包容，别揭他的短。……所以你不受任何约束，也不担承任何义务。你对这个故事有什么意见，不妨直说：说它不好，没人会责怪；说它好，也不会得到酬谢。"见塞万提斯：《堂·吉诃德》，杨绛译，北京：人民文学出版社，2003 年，第 3 页。

的多样性,更多的是促进了德国浪漫主义文学作品中的幻想、历险和戏剧性[①]。

蒂克在对这两位作家的作品进行翻译和评述时,也着重研究了他们的创作手法,特别是对反讽手法的借鉴,认为从理想与现实社会的重重矛盾中,才产生了讽刺的手法。在此基础上,蒂克创作了一系列具有鲜明浪漫主义反讽特征的戏剧作品:《穿靴子的公猫》(Der gestieferte Kader, 1797);《被颠倒的世界》(Die verkehrte Welt, 1797)等。从这些作品中可以看得出来,蒂克已经受到了莎士比亚戏剧风格的影响,吸收了塞万提斯的创作方法,学会了使用机智、诙谐、反讽等手段,并将它们有机地融合在一起。德国早期浪漫主义美学研究专家曼弗雷德·弗兰克称,蒂克在《穿靴子的公猫》中对反讽手法的运用,使得"在打破幻想这一方面没有人能够超过他"[②]。蒂克在这部戏剧中一如既往地打破了现实与幻象之间的界限,两者交织融合为一体,以戏中戏[③]的形式更加促成了作品的戏剧性。后世的许多作家都深受蒂克的影响,但是他们对反讽手法的运用都没有达到蒂克所取得的效果。只有在毕希纳(Georg Büchner, 1813 - 1837)的戏剧作品《列翁斯与莱纳》(Leonce und Lena, 1835)中可以找到这种反讽手法,而且是完全继承了蒂克的传统。毕希纳在这部带有浪漫色彩的童话剧中,极尽反讽之能事,把王公贵族作为嘲讽对象,讽刺了贵族阶级的寄生哲学。

不仅蒂克的文学创作深受莎士比亚、塞万提斯等大家的影响,同

---

① 埃里希·奥尔巴赫:《摹仿论——西方文学中所描绘的现实》,吴麟绶等译,天津:百花文艺出版社,2002年,第370页。

② 曼弗雷德·弗兰克:《德国早期浪漫主义美学导论》,聂军等译,吉林人民出版社,2006年,第317页。

③ Wistoff, Andreas: Die deutsche Romantik in der öffentlichen Literaturkritik. Bonn: Bouvier, 1992. S. 64.

时他本人的文学作品也影响了德国同时期以及之后的作家。蒂克最早创作的长篇书信体小说《威廉·洛弗尔》(William Lovell, 1795－1796)为年仅23岁的诗人赢得了广泛的声誉，当时的《文学汇报》马上就对这部作品作出了较高的评论。同时，《威廉·洛弗尔》在读者中也引起了巨大反响。单从主人公的名字上看就知道这是一位英国人，以至于作品一问世就有评论怀疑它并非出自青年蒂克之手，而有可能是直接译自英国文学作品的一部译作。由此可见，蒂克在创作时，不仅尝试采用了书信体这种极具说服力的文学形式，还大胆借鉴了他对英国文学的译介成果，直接付诸于创作实践。蒂克笔下的主人公洛弗尔为后来的很多作家提供了创作参照，很多浪漫主义文学时期的作家在文学创作上都受到了蒂克这部作品的影响，让·保尔、布伦塔诺、阿尔尼姆、艾辛多夫等人在创作时都参照了洛弗尔这个人物形象。

1798年，蒂克根据自己与好友瓦肯罗德在纽伦堡的漫游经历，写成了断片体艺术家小说《弗兰茨·斯泰恩巴尔德的漫游》(Franz Sternbalds Wanderungen)。在这部作品中，蒂克已经学会了穿插不同的文学表现形式，集一些松散的片断、插曲以及艺术感想等于一体，最先在创作实践上借鉴了英格兰伊丽莎白戏剧作品中常见的文体混用①的方法，也体现了浪漫主义文学的“整体诗学”理论，包罗一切。在文学形式上，蒂克模仿了歌德的《威廉·迈斯特的学习时代》，但是在精神实质上则截然不同于歌德的迈斯特，而是从浪漫主义的观念出发，追求人生和世界的诗化。《弗兰茨·斯泰恩巴尔德的漫游》在创作实践上为浪漫主义文学首开了先河，涉及题材广泛，小说形式多

---

① 埃里希·奥尔巴赫:《摹仿论——西方文学中所描绘的现实》，吴麟绶等译，天津：百花文艺出版社，2002年，第350页。在莎士比亚的戏剧作品中，没有一部作品是由一种文体贯穿首尾，低俗和崇高、滑稽与严肃、悲剧与喜剧等极其紧密地交织在一起，交替出现。

样，对诺瓦利斯、布伦塔诺、艾辛多夫、霍夫曼等人的浪漫主义文学创作产生了较大的影响。虽然《威廉·洛弗尔》和《弗兰茨·斯泰恩巴尔德的漫游》都是通俗文学作品，但是蒂克在作品中所展示出来的写作风格，已经具有明显的浪漫主义色彩[1]。

① Lützeler, Paul Michael (Hrsg.): Romane und Erzählungen der deutschen Romantik. Stuttgart 1981. S. 59.

第五章　结束语

早期浪漫主义文学的主要代表人物们大量翻译和介绍外来的或此前的伟大文学作品,从中学习和借鉴,以服务于民族文学以及民族文化的建设,并希望最终能够实现建立"世界文学"体系的设想,促进各民族之间的精神交流和相互了解。他们这样做,不仅突出了历史的东西,也为当时的浪漫主义文学增添了典故,从中恰恰能够看出早期浪漫主义者们所承担的历史使命和高度的时代责任感。无论是奥·威·施勒格尔的莎剧翻译和文学评述,还是蒂克的文学翻译和创作实验,都体现了德国早期浪漫派的文学理念和基本思想,直接影响到了当时及后世的文学认识和创作,并最终使这种影响力成功地在各个阶层中广为传播。弗·施勒格尔在《论文学》中不无乐观地肯定了早期浪漫派所做出的历史功绩——经过早期浪漫派的不懈努力,"各种最重要的文学现象,无论是在科学还是在艺术的范围内,目前正在德国大规模地相互渗透,于是造就出了一个各种现象相辅相成,同时又包容一切的整体。其规模之大,无论是在近代以来各个时代,还是在古代文化中,人们若是想要寻找一个类似的先例,都将是徒劳的。"①早期浪漫主义文学时期的"世界文学"观所体现的时代使命是为了推动德国民族文学的发展,并以此为己任,充满了时代精神。

尽管到最后德国早期浪漫主义文学的"世界文学"观只是一种不可企及的幻想,但是早期浪漫主义者通过自己的文学实践以及理论

---

① 施勒格尔:《浪漫派风格——施勒格尔批评文集》,李伯杰译,华夏出版社,2005 年,第 244 – 257 页,《论文学》。此处见第 244 页。

创立始终朝着这个目标努力，并坚信这一目标终将实现。这在一定程度上正好也印证了早期浪漫主义者们所提出的“无限性”原则，即永远处于形成过程之中，永远都在形成，永远都不会完结[①]。“世界文学”是一个永远都处于形成过程中的永不完成的渐进程序。作为早期浪漫主义文学实验的一个重要组成部分，早期浪漫主义者的“世界文学”观最终为德国打开了通往世界文学的大门，并且确定了德国文学对所有其他文学的宽容性与开放性，值得后界学习和借鉴。

德国早期浪漫主义文学力求在对启蒙运动的批判与继承的基础上，扩大一种更为宽广的文学传统——既是民族的又是大众的，既是中古原始的、又是现代文明的。这种兼收并蓄的“世界文学”观对德国整个浪漫主义文学的发展以及之后两百多年的德国文学，乃至欧洲的文学都产生了经久不息的影响。他们对中古德语文学的搜集整理工作，把中古德语的文化瑰宝重新完整地呈现在世人面前，后世的人必将怀着感激的心情使用这些搜集起来的材料，传承德国的文化精髓。他们将英国文学、西班牙文学、意大利文学中的优秀作品翻译成德语，介绍给德国读者，并从中达到借鉴和学习的目的，促进了德国文学自身的发展。尤其是奥·威·施勒格尔和蒂克等人对德国中古文学传统的挖掘、对外国优秀文学作品的译介和评述，最终促进了德国文学自身的发展，涌现出了由浪漫主义者自己创作的、具有浪漫主义色彩的文学作品。从这一意义上看，德国浪漫主义文学本身就是奉献给世界文学的一笔宝贵财富。

德国早期浪漫主义文学时期的“世界文学”观完全用开放的眼光开辟了一个新的接受领域，不再对古希腊、罗马时期的文学顶礼膜

---

① Schlegel, Friedrich: Progressive Universalpoesie. S. 24. In: Die deutsche Literatur in Text und Darstellung. Bd. 8: Romantik I. Hrsg. von Hans - Jürgen Schmitt. Stuttgart 1977, S. 22 - 25.

拜，也不再停留在对法国文学的盲目崇拜和模仿，而是从一个全新的跨时空视角去关注各个民族的文学传统和文化功绩，通过学习与借鉴完成历史所赋予的文学使命。正如弗·施勒格尔多次强调的那样：在德国，“人们大胆地进行思考，最自由的思考不仅被以某种方式激发出来，而且也已初具形骸，得到了组织。所以我们今后需要考虑的，只是把业已争取到而且再也不会失去的财富广为传播，并且更精心地维护它，使之臻于完善。”[①]因此，德国早期浪漫主义文学时期的“世界文学”观既体现了历史感，也具有现实感。正是这种跨民族、跨文化、跨地缘的历史感和现实感，才使得当时的德国文学也能够发展成为世界文学的一个重要组成部分。

① 施勒格尔：《浪漫派风格——施勒格尔批评文集》，李伯杰译，华夏出版社，2005年，第244页。

附　录

一、奥·威·施勒格尔翻译的莎士比亚作品

(Ludwig Tieck, Dorothea Tieck und Wolf Graf von Baudissin)

(按照德译本出版年份排序,共17部)

序号	英文名称及创作年份	德译本名称及出版年份	汉译本名称
1.	A Midsummer – Night's Dream(1594 – 1595)	Ein Sommernachtstraum (1797)	《仲夏夜之梦》
2.	The Tragedy of Romeo and Juliet(1594 – 1596)	Romeo und Julia(1797)	《罗密欧与朱丽叶》
3.	Julius Caesar(1597 – 1601)	Julius Cäsar(1797)	《裘力斯·凯撒》
4.	Twelfth Night or What You Will(1600 – 1601)	Dreikönigsabend oder Was ihr wollt(1797)	《第十二夜》
5.	The Tempest(1611 – 1612)	Der Sturm(1798)	《暴风雨》
6.	The Tragedy of Hamlet, Prince of Denmark (1600)	Hamlet, Prinz von Dänemark (1798)	《哈姆雷特》
7.	The Merchant of Venice (1595)	Der Kaufmann von Venedig (1799)	《威尼斯商人》

续表

序号	英文名称及创作年份	德译本名称及出版年份	汉译本名称
8.	As You Like it (1599 – 1600)	Wie es euch gefällt(1799)	《皆大欢喜》
9.	The Life and Death of King John (1594)	König Johann (1799)	《约翰王》
10.	The Tragedy of King Richard II. (1594)	König Richard II. (1799)	《理查二世》
11.	The First Part of King Henry IV. (1597)	König Heinrich IV. – 1. Teil (1800)	《亨利四世》第一部
12.	The Second Part of King Henry IV. (1598)	König Heinrich IV. – 2. Teil (1800)	《亨利四世》第二部
13.	The Life of King Henry V. (1599)	König Heinrich V. (1801)	《亨利五世》
14.	The First Part of King Henry VI. (1589 1590)	König Heinrich VI. – 1. Teil (1801)	《亨利六世》第一部
15.	The Second Part of King Henry VI. (1590 – 1591)	König Heinrich VI. – 2. Teil (1801)	《亨利六世》第二部
16.	The Third Part of King Henry VI. (1590 – 1592)	König Heinrich VI. – 3. Teil (1801)	《亨利六世》第三部
17.	The Tragedy of King Richard III. (1592)	König Richard III. (1810)	《理查三世》

二、蒂克带领其他人合作翻译的莎士比亚作品

(Ludwig Tieck, Dorothea Tieck und Wolf Graf von Baudissin)

(按照译者姓氏及译著名称排序,共20部)

序号	英文名称及创作年份	德译本名称及出版年份	汉译本名称
1	Antony and Cleopatra(1607 –1608)	Antonius und Kleopatra (Wolf Graf Bausdissin)	《安东尼与克莉奥佩特拉》
2	The Taming of the Shrew (1591 –1594)	Der Widerspenstigen Zähmung(Wolf Graf Bausdissin)	《驯悍记》
3	The Comedy of Errors(1592 –1593)	Die Komödie der Irrungen (Wolf Graf Bausdissin)	《错误的喜剧》
4	The Merry Wives of Windsor (1597 –1601)	Die lustigen Weiber von Windsor(Wolf Graf Bausdissin)	《温莎的风流娘儿们》
5	All's Well that Ends Well (1593 –1603)	Ende gut, alles gut (Wolf Graf Bausdissin)	《终成眷属》
6	The Famous History of the Life of King Henry VIII. (1612 –1613)	König Heinrich VIII. (Wolf Graf Bausdissin)	《亨利八世》
7	The Tragedy of King Lear (1605 –1606)	König Lear (Wolf Graf Bausdissin)	《李尔王》
8	Love's Labour's Lost (1593 –1595)	Liebes Leid und Lust oder Verlorene Liebesmüh (Wolf Graf Bausdissin)	《爱的徒劳》

续表

序号	英文名称及创作年份	德译本名称及出版年份	汉译本名称
9	Measure for Measure(1604)	Maβ für Maβ (Wolf Graf Bausdissin)	《一报还一报》
10	Othello, The Moor of Venice (1604)	Othello, der Mohr von Venedig(Wolf Graf Bausdissin)	《奥瑟罗》
11	The Lamentable Tragedy of Titus Andronicus (1590 - 1591)	Titus Andronicus(Wolf Graf Bausdissin)	《泰特斯·安德洛尼克斯》
12	The Tragedy of Troilus and Cressida (1597 - 1602)	Troilus und Cressida (Wolf Graf Bausdissin)	《特洛伊罗斯与克瑞西达》
13	Much Ado about Nothing (1598 - 1599)	Viel Lärm um nichts (Wolf Graf Bausdissin)	《无事生非》
14	The Tragedy of Coriolanus (1607 - 1609)	Coriolan(Dorothea Tieck)	《科利奥兰纳斯》
15	The Winter's Tale (1610)	Das Wintermärchen (Dorothea Tieck)	《冬天的故事》
16	The Two Gentlemen of Verona(1591 - 1593)	Die beiden Veroneser (Dorothea Tieck)	《维洛那二绅士》
17	The Tragedy of Cymbeline (1609 - 1611)	Kymbelin(Dorothea Tieck)	《辛白林》
18	The Tragedy of Macbeth (1606)	Macbeth(Dorothea Tieck)	《麦克白》

续表

序号	英文名称及创作年份	德译本名称及出版年份	汉译本名称
19	The Life of Timon of Athens (1607 – 1608)	Timon von Athen (Dorothea Tieck)	《雅典的泰门》
20	The Play of Pericles, Prince of Tyre (1608)	Perikles, Fürst von Tyrus (Ludwig Tieck)	《泰尔亲王配瑞克里斯》

参考文献

一、相关外文作品原著

1. Brentano, Clemens: Romanzen vom Rosenkranz. (Hrsg.): Alphons M. von Steinle, Trier: Petrus-Verlag, 1912.
2. Cervantes Saavedra, Miguel de: Leben und Taten des scharfsinnigen Edlen Don Quixote von la Mancha. Übersetzt von Ludwig Tieck mit Illustrationen von Gustave Doré. Berlin 1984. [1799 - 1801]
3. Lessing, Gotthold Epharaim: Werke in fünf Bänden. Hrsg. von Karl Basler und Heinz Stolpe. Berlin-Weimar 1975.
4. Lohner, Edgar (Hrsg.): Briefe. Ludwig Tieck und die Brüder Schlegel. München: Winkler, 1972.
5. Minnelieder aus dem Schwäbischen Zeitalter, neu bearbeitet und herausgegeben von Ludwig Tieck. Mit Kupfer. Berlin 1803. Reprint Hildesheim 1966.
6. Novalis: Werke in einem Band. Hrsg. von Hans-Joachim Mähl und Richard Samuel. München-Wien 1981.
7. Schlegel, A. W.: Kritische Schriften und Briefe. Bd. 1: Sprache und Poetik; Bd. 3: Geschichte der klassischen Literatur; Bd. 4: Berliner Vorlesungen; Bd. 5: Wiener Vorlesungen. Hrsg. von Edgar Lohner. Stuttgart 1964.

8. Schlegel, A. W.: Sämtliche Werke. Hrsg. von Eduard Böcking. 16 Bde. Leipzig 1846-1848. Reprint Hildesheim / New York 1971-1972.

9. Schlegel, Friedrich: Kritische und theoretische Schriften. Stuttgart 2002.

10. Shakespeare, William: Sämtliche Werke. Ins Deutsche übertragen von A. W. Schlegel, Dorothea und Ludwig Tieck usw.. Essen: Magnus, 2004.

11. Shakespeare, William: The Complete Works of William Shakespeare. 上海:上海世界图书出版公司,2010 年。

12. Tieck, Ludwig: Der gestiefelte Kader, Märchen, Die Gemälde. Ausgewählt von Claus Friedrich Käpp. Augsburg: Weltbild, 2003.

13. Tieck, Ludwig. Dichter über ihre Dichtungen. Studienausgabe Band 9/I – III. Hrsg. von Uwe Schweikert. München: Heimeran, 1971.

14. Tieck, Ludwig: Märchen aus dem „Phantasus“. Hrsg. von Walter Münz. Stuttgart: Philipp Reclam, 2003.

15. Wackenroder, Wilhelm Heinrich / Tieck, Ludwig: Phantasien über die Kunst. Stuttgart: Philipp Reclam, 2000.

二、相关德文研究专著

1. Alewyn, Richard: Probleme und Gestalten. Essays. Frankfurt/M., 1974.

2. Barber, Gilles/Fabian, Bernhard (Hrsg.): Buch und Buchhandel in Europa im achtzehnten Jahrhundert. Hamburg 1981.

3. Baumgärtner, Alfred Clemens (Hrsg.): Lesen-ein Handbuch. Hamburg 1974.

4. Beisler, Hermann: Die Unergründlichkeit des Werks und die Unendlichkeit der Interpretation. In: Schröder, Jan (Hrsg.): Theorie der Interpretation. Vom Humanismus bis zur Romantik. Stuttgart: Steiner, 2001. S. 217 - 248.

5. Blinn, Hansjürgen (Hrsg.): Shakespeare-Rezeption. Die Diskusion um Shakepeare in Deutschland. Berlin 1982.

6. Brinker-Gabler, Gisela: Poetisch-wissenschaftliche Mittelalter-Rezeption. Ludwig Tiecks Erneuerung altdeutscher Literatur. Göppingen 1980.

7. Bürger, Christa / Bürger, Peter / Schulte-Sasse, Jochen: Zur Dichotomisierung von hoher und niederer Literatur. Frankfurt/M.: Suhrkamp, 1982.

8. Dann, Otto (Hrsg.): Lesegesellschaften und bürgerliche Emanzipation. Ein europäischer Vergleich. München 1981.

9. Eichner, Hans (Hrsg.): Literarische Notizen 1791 - 1801. Frankfurt /M., 1980.

10. Frank, Armin Paul / Kurt-Jürgen Maaβ / Fritz Paul / Horst Turk (Hrsg.): Übersetzen, verstehen, Brücken bauen. Geisteswissenschaftliches und literarisches Übersetzen im internationalen Kulturaustausch. Berlin: Erich Schmidt, 1993.

11. Frank, Manfred: Das individuelle Allgemeine. Frankfurt /M.: Suhrkamp, 1985.

12. Frank, Manfred: Das Sagbare und das Unsagbare. Frankfurt / M.: Suhrkamp, 1989.

13. Frenzel, Elisabeth: Stoffe der Weltliteratur. Stuttgart: Kröner, 1992.

14. Gebhardt, Peter: A. W. Schlegels Shakespeare-Übersetzung. JP Darmstadt 1970.

15. Grimminger, Rolf (Hrsg.): Deutsche Aufklärung bis zur Französischen Revolution. München 1980.

16. Günzel, Klaus: König der Romantik. Das Leben des Dichters Ludwig Tieck in Briefen, Selbstzeugnissen und Berichten. Berlin 1981.

17. Habermas, Jürgen: Strukturwandel der Öffentlichkeit. Neuwied-Berlin 1965.

18. Haferkorn, Hans J.: Zur Entstehung der bürgerlich-literarischen Intelligenz und des Schriftstellers in Deutschland zwischen 1750 und 1800. In: Lutz, Bernd (Hrsg.): Deutsches Bürgertum und literarische Intelligenz 1750 – 1800. Stuttgart 1974. S. 113 – 275.

19. Hauser, Arnold: Sozialgeschichte der Kunst und Literatur. München 1978.

20. Heilmann, Markus: Die Krise der Aufklärung als Krise des Erzählens. Stuttgart: Metzler, 1992.

21. Hoffmeister, Gerhart: Spanien und Deutschland. Geschichte und Dokumentation der literarischen Beziehungen. Berlin 1976.

22. Hölter, Achim: Frühe Romantik-frühe Komparatistik. Frankfurt am Main: Lang, 2001.

23. Huyssen, Andreas: Die frühromantische Konzeption von Übersetzung und Aneignung. Studien zur frühromantischen Utopie

einer deutschen Weltliteratur. Zürich: Atlantis, 1969.

24. Jens, Walter: Nationalliteratur und Weltliteratur-von Goethe aus gesehen. München: Kindler, 1988.

25. Kelletat, Andreas F.: Herder und die Weltliteratur. Frankfurt/M.: Lang, 1984.

26. Kiesel, Helmut / Münch, Paul: Gesellschaft und Literatur im 18. Jahrhundert. Voraussetzungen und Entstehung des literarischen Marktes in Deutschland. München 1977.

27. Klett, Dwight A.: Tieck-Rezeption. Das Bild Ludwig Tiecks in den deutschen Literaturgeschichten des 19. Jahrhunderts. Heidelberg: Winter, 1989.

28. Köpke, Rudolf: Ludwig Tieck. Erinnerungen aus dem Leben des Dichters nach dessen mündlichen und schriftlichen Mitteilungen. 2 Teile. Darmstadt 1970.

29. Kozielek, Gerhard (Hrsg.): Mittelalterrezeption. Texte zur Aufnahme altdeutscher Literatur in der Romantik. Tübingen 1977.

30. Lüdeke, Henry: Ludwig Tieck und das alte englische Theater. Ein Beitrag zur Geschichte der Romantik. Hildesheim 1975.

31. Lutz, Bernd (Hrsg.): Deutsches Bürgertum und literarische Intelligenz 1750 – 1800. Stuttgart 1974.

32. Lützeler, Paul Michael (Hrsg.): Romane und Erzählungen der deutschen Romantik. Stuttgart: Reclam, 1981.

33. Manger, Klaus: Goethe und die Weltliteratur. Ereignis Weimar-Jena. Kultur um 1800. Heidelberg 2003.

34. Michel, Willy: Ästhetische Hermeneutik und frühromantische

Kritik. Göttingen: Vandenhoeck & Ruprecht, 1982.

35. Naumann, Manfred (Hrsg.): Gesellschaft. Literatur. Lesen. Literaturrezeption in theoretischer Sicht. Berlin-Weimar 1976.

36. Nischik, Reingard M. (Hrsg.): Schwellentexte der Weltliteratur. Konstanz: UVK, Univ.-Verl. Konstanz, 2002.

37. Paulin, Roger: Ludwig Tieck. Stuttgart: Metzler, 1987.

38. Paulini, Hilde Marianne: August Wilhelm Schlegel und die Vergleichende Literaturwissenschaft. Frankfurt /M.: Lang, 1985.

39. Pikulik, Lothar: Frühromantik: Epoche-Werke-Wirkung. München: Beck, 1992.

40. Poltermann, Andreas: Die Erfindung des Originals. Zur Geschichte der Übersetzungskonzeptionen in Deutschland im 18. Jahrhundert. In: Schultze, Brigitte (Hrsg.): Die literarische Übersetzung. Fallstudien zu ihrer Kulturgeschichte. Berlin 1987. S. 14 – 52.

41. Price, Lawrence Marsden: Aufnahme englischer Literatur in Deutschland 1500 – 1960. Bern – München 1961.

42. Puntsch, Eberhard (Hrsg.): Zitaten-Handbuch. Bd. I. Landsberg am Lech: Moderne Verlagsgesellschaft, 1986.

43. Pütz, Peter: Die deutsche Aufklärung. Darmstadt 1979.

44. Rath, Wolfgang: Ludwig Tieck: Das vergessene Genie. Paderborn: Schöningh, 1996.

45. Ribbat, Ernst: Ludwig Tieck. Ausgewählte kritische Schriften. Tübingen 1975.

46. Ribbat, Ernst: Ludwig Tieck. Studien zur Konzeption und

Praxis romantischer Poesie. Kronberg: Athen? um, 1978.

47. Ribbat, Ernst (Hrsg.): Romantik. Ein literaturwissenschaftliches Studienbuch. Königstein: Athenäum, 1979.

48. Schenk-Lenzen, Ulrike: Das ungleiche Verhältnis von Kunst und Kritik. Zur Literaturkritik August Wilhelm Schlegels. Würzburg, 1991.

49. Schmeling, Manfred (Hrsg.): Weltliteratur heute. Würzburg: Königshausen & Neumann, 1995.

50. Schmitt, Hans-Jürgen (Hrsg.): Die deutsche Literatur in Text und Darstellung. Bd. 8: Romantik I. Stuttgart: Philipp Reclam jun. Stuttgart. 1977.

51. Schmitz, Walter (Hrsg.): Ludwig Tieck. Tübingen: Niemeyer, 1997.

52. Schmitz-Emans, Monika: Einführung in die Literatur der Romantik. Darmstadt: Wissenschaftliche Buchgesellschaft, 2004 .

53. Schnur, Harald: Schleiermachers Hermeneutik und ihre Vorgeschichte im 18. Jahrhundert. Stuttgart: Metzler, 1994.

54. Schröder, Jan (Hrsg.): Theorie der Interpretation. Vom Humanismus bis zur Romantik. Stuttgart: Steiner, 2001.

55. Schultze, Brigitte (Hrsg.): Die literarische Übersetzung. Fallstudien zu ihrer Kulturgeschichte. Berlin 1987.

56. Schwarz, Martina: Die bürgerliche Familie im Spätwerk Ludwig Tiecks. Würzburg: Königshausen & Neumann, 2002.

57. Schweikert, Uwe (Hrsg.): Ludwig Tieck. 3 Bde. München 1971.

58. Schweikle, Günther / Schweikle, Irmgard (Hrsg.): Metzler-Literatur-Lexikon. Stichwörter zur Weltliteratur. Stuttgart 1984.

59. Staiger, Emil: Ludwig Tieck und der Ursprung der deutschen Romantik. In: Emil Staiger: Stilwandel. Studien zur Vorgeschichte der Goethezeit. Zürich / Freiburg 1963. S. 175 –204.

60. Staub, Margret: Die spanische Romanze in der Dichtung der deutschen Romantik. Hamburg 1970.

61. Störig, Hans Joachim (Hrsg.): Das Problem des Übersetzens. Darmstadt: Wissenschaftliche Buchgesellschaft, 1963.

62. Strich, Fritz: Goethe und die Weltliteratur. Bern 1957.

63. Szondi, Peter: Einführung in die literarische Hermeneutik. Frankfurt/M., Suhrkamp, 1985.

64. Vietta, Silvio (Hrsg.): Die literarische Frühromantik. Göttingen 1983.

65. Weigand, Karlheinz: Tiecks „William Lovell". Studien zur frühromantischen Antithese. Heidelberg 1975.

66. Weitz, Hans-J.: „Weltliteratur" zuerst bei Wieland. In: Arcadia 22 (1987), S. 206 –208.

67. Wellek, René: Geschichte der Literaturkritik 1750 – 1950. Bd. 1: Das späte 18. Jahrhundert-Das Zeitalter der Romantik. Berlin 1955.

68. Wiese, Benno von (Hrsg.): Deutsche Dichter der Romantik. Berlin 1983.

69. Wistoff, Andreas: Die deutsche Romantik in der öffentlichen Literaturkritik. Die Rezensionen zur Romantik in der „

Allgemeinen Literatur-Zeitung“ und der „Jenaischen Allgemeinen Literatur-Zeitung“ 1795 – 1812. Bonn: Bouvier, 1992.

70. Zybura, Marek: Ludwig Tieck als Übersetzer und Herausgeber. Heidelberg: Winter, 1994.

三、相关中文译著及研究专著

1. 爱克曼(辑录):《歌德谈话录》,朱光潜译,第1版,北京:人民文学出版社,2003年

2. 爱克曼(辑录):《歌德谈话录》,朱光潜译,第2版,合肥:安徽教育出版社,2006年。

3. 埃里希·奥尔巴赫:《摹仿论——西方文学中所描绘的现实》,吴麟绶等译,天津:百花文艺出版社,2002年。

4. 勃兰兑斯:《19世纪文学主流》第二分册,《德国的浪漫派》,刘半九译,北京:人民文学出版社,1997年。

5. 陈永国(主编):《翻译与后现代性》,北京:中国人民大学出版社,2005年。

6. 狄尔泰:《体验与诗》,胡其鼎译,北京:三联书店,2003年。

7. 范捷平(主编):《奥地利现代文学研究——第十二届德语文学研究会论文集》,杭州:浙江大学出版社,2007年。

8. 冯亚琳:《德语文学与文化——阐释与思辨》,重庆:重庆出版社,2007年。

9. 弗兰克[德]:《德国早期浪漫主义美学导论》,聂军等译,长春:吉林人民出版社,2006年。

10. 伽达默尔:《哲学生涯》,陈春文译,北京:商务印书馆,2003年。

11. 伽达默尔:《诠释学I:真理与方法》,洪汉鼎译,北京:商务

印书馆,2007 年。

12. 高伟光:《英国浪漫主义的乌托邦情结》,北京:中央编译出版社,2004 年。

13. 歌德:《论文学艺术》,范大灿等译,上海:上海人民出版社,2004 年。

14. 歌德:《威廉·迈斯特的学习时代》,杨武能译,南京:译林出版社,2002 年。

15. 谷裕:《现代市民史诗——十九世纪德语小说研究》,上海:上海书店出版社,2007 年。

16. 桂乾元/虞龙发(主编):《日耳曼学论文集》第二辑,上海:上海外语教育出版社,1998.

17. 郭建中(编):《文化与翻译》,北京:中国对外翻译出版公司,1999 年。

18. 海涅:《浪漫派》,薛华译,上海:上海人民出版社,2003 年。

19. 海涅:《莎士比亚的少女和妇人》,绿原译,上海:上海文艺出版社,2007 年。

20. 洪汉鼎:《诠释学——它的历史与当代发展》,北京:人民出版社,2001 年。

21. 怀文(主编):《外国文学名著赏析词典》,杭州:浙江文艺出版社,1997 年。

22. 黄颂杰等(编撰):《现代西方哲学辞典》,上海:上海辞书出版社,2007 年。

23. 加比托娃[俄]:《德国浪漫哲学》,王念宁译,北京:中央编译出版社,2007。

24. 科伦[英](编):《英国浪漫主义》,上海:上海外语教育出版社,2001。

25. 孔德明/华宗德(主编):《日耳曼学研究——贺张威廉先生百岁华诞论文集》上海:上海外语教育出版社,2002。

26. [德]昆,汉斯/[德]延斯,瓦尔特:《诗与宗教》,李永平译,北京:生活·读书·新知三联书店,2005。

27. 利茨玛:《自我之书——维兰德的〈阿里斯底波和他的几个同时代人〉》,莫光华译,上海:华东师范大学出版社,2006年。

28. 李明滨(主编):《世界文学简史》,北京:北京大学出版社,2002年。

29. 李平:《东海与西海——比较视野中的文本解读与文化思考》,上海:上海文艺出版社,2006年。

30. 李玉龙(编著):《世界文学经典导读》欧洲卷,武汉:武汉出版社,1996年。

31. 刘宓庆:《翻译与语言哲学》,北京:中国对外翻译出版公司,2001年。

32. 刘文杰:《德国浪漫主义时期童话研究》,北京:北京理工大学出版社,2009。

33. 刘小枫(选编):《德语诗学文选》上卷,上海:华东师范大学出版社,2006年。

34. 刘小枫,2007,《夜颂中的革命和宗教》,北京:华夏出版社,2007年。

35. 马克思/恩格斯:《德意志意识形态》,中央编译局编译,北京:人民出版社,2003年。

36. 马克思/恩格斯:《共产党宣言》,中央编译局编译,北京:人民出版社,2004年。

37. 毛信德/蒋承勇(主编):《多元文化与外国文学》,杭州:浙江大学出版社,2005 年。

38. 尼采:《快乐的科学》,黄明嘉译,上海:华东师范大学出版社,2007 年。

39. 塞万提斯:《堂·吉诃德》,杨绛译,北京:人民文学出版社,2003 年。

40. 莎士比亚:《莎士比亚全集》,朱生豪/孙法理译,南京:译林出版社,2006 年。

41. 莎士比亚:《莎士比亚喜剧悲剧集》,朱生豪译,南京:译林出版社,2002 年。

42. 莎士比亚:《仲夏夜之梦》,朱生豪译,广州:广东世界图书出版公司,2009 年。

43. 施勒格尔:《浪漫派风格——施勒格尔批评文集》,李伯杰译,北京:华夏出版社,2005 年。

44. 孙周兴/陈家琪(主编):《德意志思想评论》第三卷,上海:同济大学出版社,2007 年。

45. 索绍武:《比较文学论要》,北京:民族出版社,2004 年。

46. 蒂克:《金发艾克贝尔特》,桂燕注,上海:上海外语教育出版社,2009。

47. 瓦肯罗德,威廉·亨利希:《一个热爱艺术的修士的内心倾诉》,谷裕译,北京:三联书店,2002 年。

48. 韦勒克,雷内/沃伦,奥斯汀[美]:《文学理论》,刘象愚等译,南京:江苏教育出版社,2005 年。

49. 余匡复:《德国文学史》,上海:上海外语教育出版社,1991 年。

50. 章安祺等(著):《西方文艺理论史——从柏拉图到尼采》,北京:中国人民大学出版社,2007 年。

51. 张玉书(主编):《德语文学与文学批评》第一卷,北京:人民文学出版社,2007 年。

52. 张玉书(主编):《海涅名作欣赏》,北京:中国和平出版社,2002 年。

后 记

《德国早期浪漫派的世界文学观》以我的博士论文为基础，经过多次修改加工后终于快要出版了。借此书出版之机，谨向一直以来给予我关注和支持的老师和同人们表示衷心的感谢，特别要感谢我的导师——北京外国语大学德语系的韩瑞祥教授。从我的论文选题到撰写成稿，韩老师都倾注了大量的心血，不仅在学术研究方法、专业领域前沿文献搜集等方面给予了悉心的指导，而且还在做人及治学上言传身教，使得我在论文撰写过程中避免了不少弯路、抵御了内心浮躁、战胜了自我的畏难情绪，最终踏实下来从语料收集做起，以翔实的史料为基础，对选题展开了有计划的研究和深入探讨。

自开始接触德语文学之初，我就对德国的早期浪漫主义文学产生了极大的兴趣，因为它充满了神秘、幻想、孤寂、对艺术的虔敬以及对理想的无限追求，浪漫主义文学作品涵盖了所能穷尽的各类文学体裁，甚至融合汇总为一体。在导师韩瑞祥教授的引领下，一层层拨开浪漫主义文学的神秘面纱，才发现在这片深邃、浩瀚的"蓝花"海洋中还有那么多尚未涉足、期待征服的领地。目前，国内对德国浪漫主义文学的研究已经取得了一系列的标志性成果，包括对浪漫主义文学独具特色的文学理念研究、对浪漫主义艺术童话等试验性的文学创作研究等。这些研究成果表明：德国浪漫主义文学越来越受到国内学界的重视，相关领域的研究也越趋多元化。基于国内对德国浪漫主义文学的前期研究成果，经多次与导师交流探讨，我最终锁定了我的研究重点——德国早期浪漫派的文学译介活动,试图从中找出文学译介对其世界文学观所产生的影响,并由此解读德国早期浪漫派世界文学观形成的历史及社会背景,继而探究其所蕴含的时代使命。

确定了选题之后,才知道漫长的求索之路才刚刚迈出了第一步。由于国内的相关文献并不多,需要大量的德文原版文献作支撑。所幸在文献资料收集方面,德意志学术交流中心(DAAD)给予了大力支持和资助,使我得以有机会赴德国埃森大学进行了近一个学期的交流与学习,并得到了埃森大学日耳曼学专业 Werner Jung 教授的专门指导和无私帮助。他多次在繁忙的授课和科研之余与我就论文选题、整体思路和论文结构进行了交流和探讨,并提供给我大量的一手资料,为本书的撰写奠定了坚实的基础。在埃森大学学习期间,我还参加了该校日耳曼学专业定期举办的博士生研讨论坛,每一期论坛上都会有一位博士生把自己的选题计划、基本思路、研究方法、预期目标等进行陈述,大家可以就选题的可行性、科学性以及可能存在的问题和困难等展开研讨和提问,最后由指导教授点评。这种研讨方式非常有助于大家从科学工作方法上进一步理清逻辑思路,养成严谨缜密求实的工作习惯。经历过了日耳曼学专业的这一整套科学工作方法训练,相信我在将来的科研工作中一定会更加严格要求自己,踏踏实实地从事本职领域的科学研究。

德国美因茨大学跨文化日耳曼学系的 Thomas Kempa 博士在我校担任外教期间以及回德国任教以后,自始至终都对我的写作给予关注,每每耐心解答我的疑问,并想方设法弄到我需要的德语文献。在此,向这位年轻有为的汉学家表示由衷的感谢!

本书成稿以来,我从内心里一直都没有感觉到此项工作的阶段性结束,始终还沉浸在徜徉书海的充实与快感中,以致于迟迟不肯将书稿付梓,下意识里总希望还能做得更好。我也深知自己学识有限,书中难免还有不妥之处,恳请学界师友、同仁批评指正。我一定会以本书作为一个新的起点,在大家的关注和帮助下继续努力前行。

本书得到了北京市级德语特色专业建设项目的出版资助,旅游教育出版社的李红丽、李姝彦两位女士对本书的出版给予了耐心细致的帮助和支持,在此一并向她们表示感谢。另外,我所在单位的领导和同事们在我求学期间给我在工作安排上给予了很多照顾,使我得以免受开会之"苦",能够有大量自己的时间从事写作。我尊敬的前辈和师长舒雨教授、朱小雪教授总是在关键的时刻给我鼓励,还有关心我成长的李传松教授、王京平教授总能够在我低沉的时候以温暖的话语打消我的顾虑,使我重新鼓起勇气。

最后,我还要深深感谢我的家人——是他们多年以来毫无怨言地给予我默默的支持和理解,让我有了克服困难的信心和乐观向上的进取精神!